KB247430

전 재산으로
가난을
샀습니다

전 재산으로
가난을
샀습니다

초판 1쇄 발행 2026년 1월 17일

지은이 고우서
펴낸이 김병호
펴낸곳 슬로우리드

표지 일러스트 wookiema

편   집 김재영
디자인 김민지
마케팅 송송이 박수진 박하연

발행처 슬로우리드
전   화 070-7780-7760
이메일 storycart@naver.com
인스타 instagram.com/slowread_publishing/
블로그 blog.naver.com/slow_read

ⓒ 고우서, 2026
ISBN 979-11-996036-0-8 03810

이 책은 저작권법에 따라 보호를 받는 저작물이므로 무단전재 및 복제를 금지하며, 이 책 내용의 전부 및 일부를 이용하려면 반드시 저작권자의 서면동의를 받아야 합니다.

· 책값은 뒤표지에 있습니다.
· 잘못된 책은 구입하신 곳에서 교환해드립니다.

전 재산으로
가난을
샀습니다

글 · 사진 고우서

‘우린 다리는 짧지만 멀리 갈 수 있다!’
– 기나긴 여정의 끄트머리에서

나로 인해 아주 조금만이라도
세상이 아름다워졌으면 좋겠어.

내가 꽃향기처럼 스쳐 가듯 사라지고,
기억되지 않더라도 괜찮아.

그저 나로 인해 아주 조금이라도
세상이 밝아졌으면 좋겠어.

그럼 나는 이 세상을 떠날 때,
나 자신에게 감동할 것 같아.

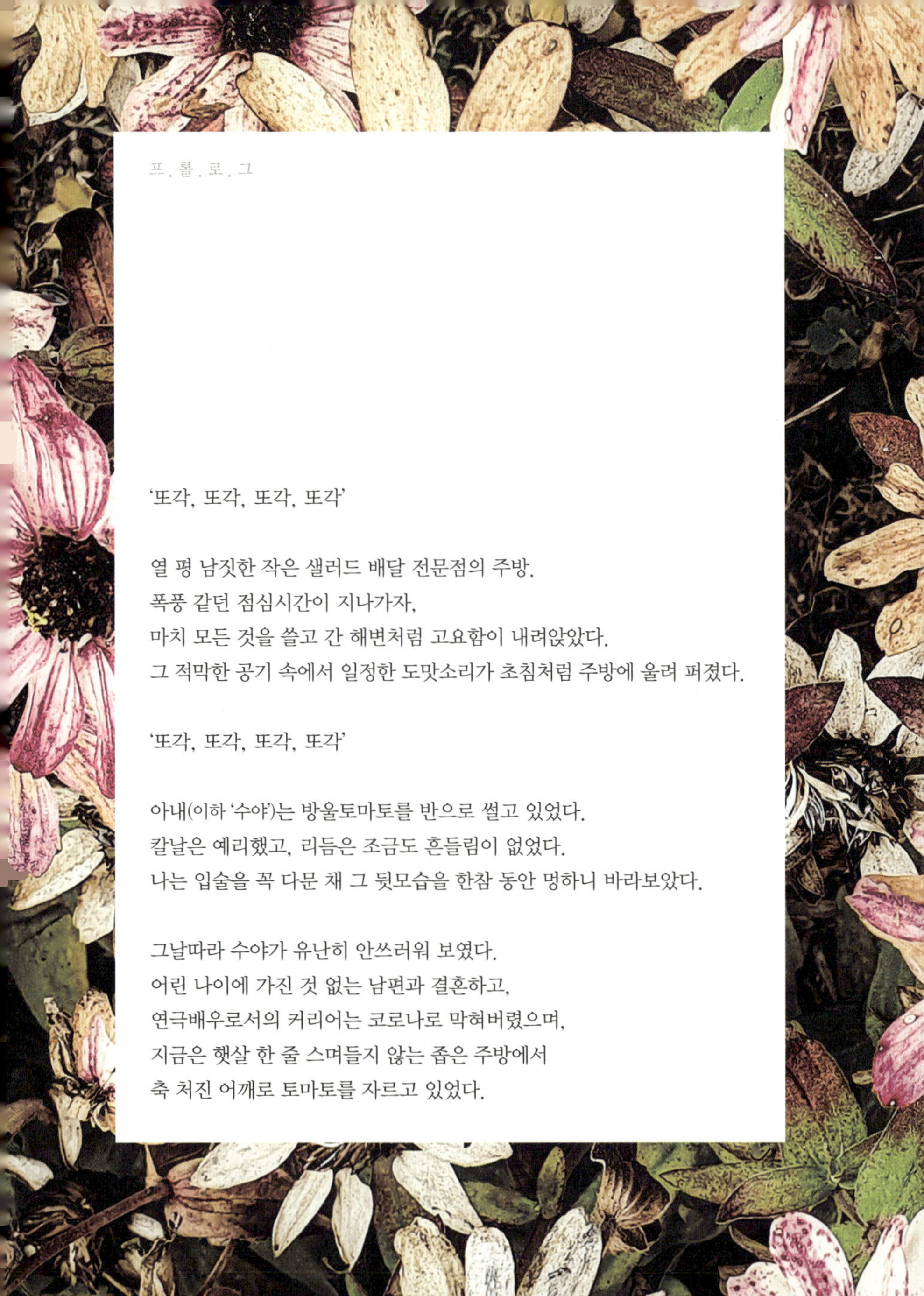

'또각, 또각, 또각, 또각'

열 평 남짓한 작은 샐러드 배달 전문점의 주방.
폭풍 같던 점심시간이 지나가자,
마치 모든 것을 쓸고 간 해변처럼 고요함이 내려앉았다.
그 적막한 공기 속에서 일정한 도맛소리가 초침처럼 주방에 울려 퍼졌다.

'또각, 또각, 또각, 또각'

아내(이하 '수야')는 방울토마토를 반으로 썰고 있었다.
칼날은 예리했고, 리듬은 조금도 흔들림이 없었다.
나는 입술을 꼭 다문 채 그 뒷모습을 한참 동안 멍하니 바라보았다.

그날따라 수야가 유난히 안쓰러워 보였다.
어린 나이에 가진 것 없는 남편과 결혼하고,
연극배우로서의 커리어는 코로나로 막혀버렸으며,
지금은 햇살 한 줄 스며들지 않는 좁은 주방에서
축 처진 어깨로 토마토를 자르고 있었다.

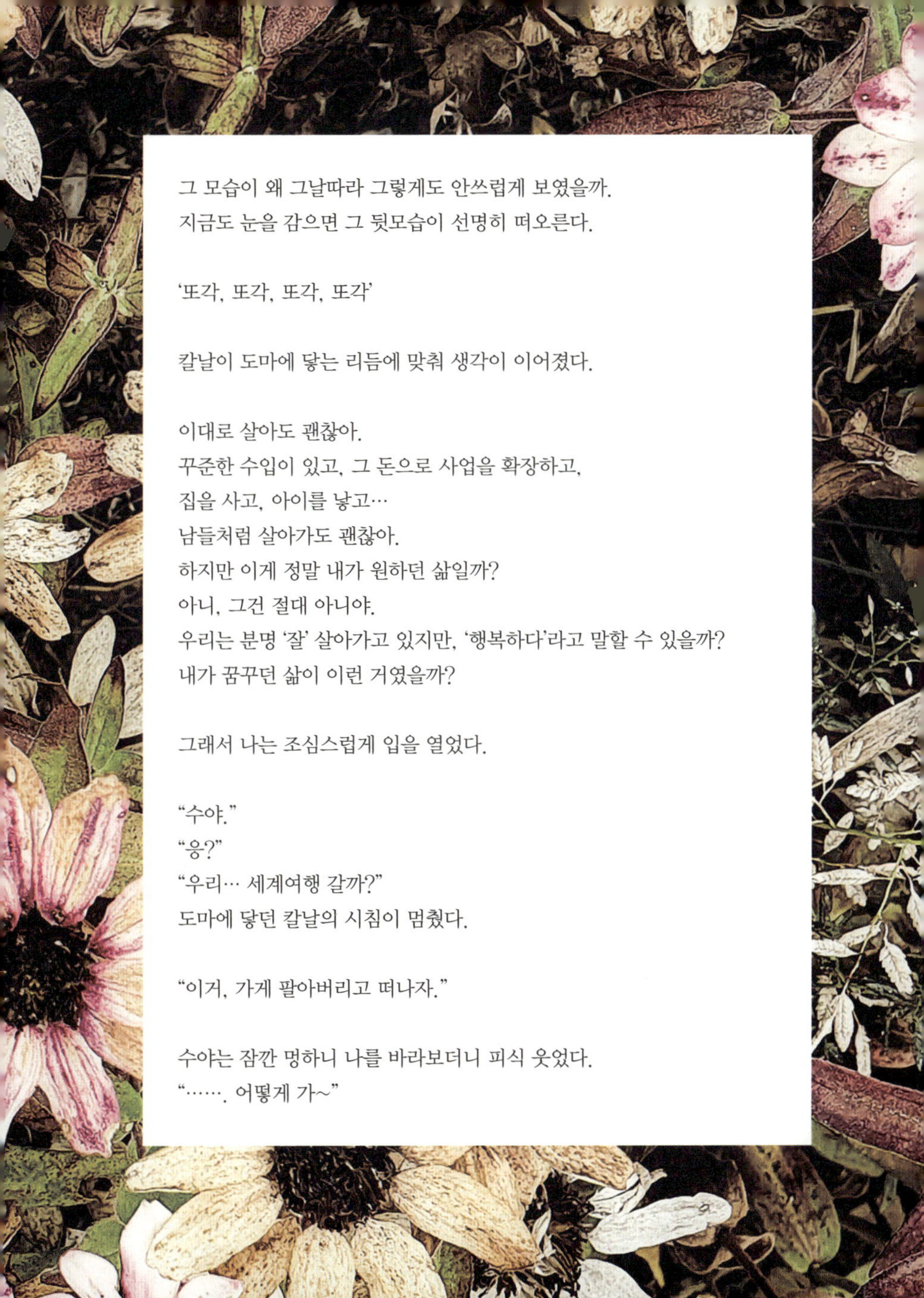

그 모습이 왜 그날따라 그렇게도 안쓰럽게 보였을까.
지금도 눈을 감으면 그 뒷모습이 선명히 떠오른다.

'또각, 또각, 또각, 또각'

칼날이 도마에 닿는 리듬에 맞춰 생각이 이어졌다.

이대로 살아도 괜찮아.
꾸준한 수입이 있고, 그 돈으로 사업을 확장하고,
집을 사고, 아이를 낳고…
남들처럼 살아가도 괜찮아.
하지만 이게 정말 내가 원하던 삶일까?
아니, 그건 절대 아니야.
우리는 분명 '잘' 살아가고 있지만, '행복하다'라고 말할 수 있을까?
내가 꿈꾸던 삶이 이런 거였을까?

그래서 나는 조심스럽게 입을 열었다.

"수야."
"응?"
"우리… 세계여행 갈까?"
도마에 닿던 칼날의 시침이 멈췄다.

"이거, 가게 팔아버리고 떠나자."

수야는 잠깐 멍하니 나를 바라보더니 피식 웃었다.
"……. 어떻게 가~"

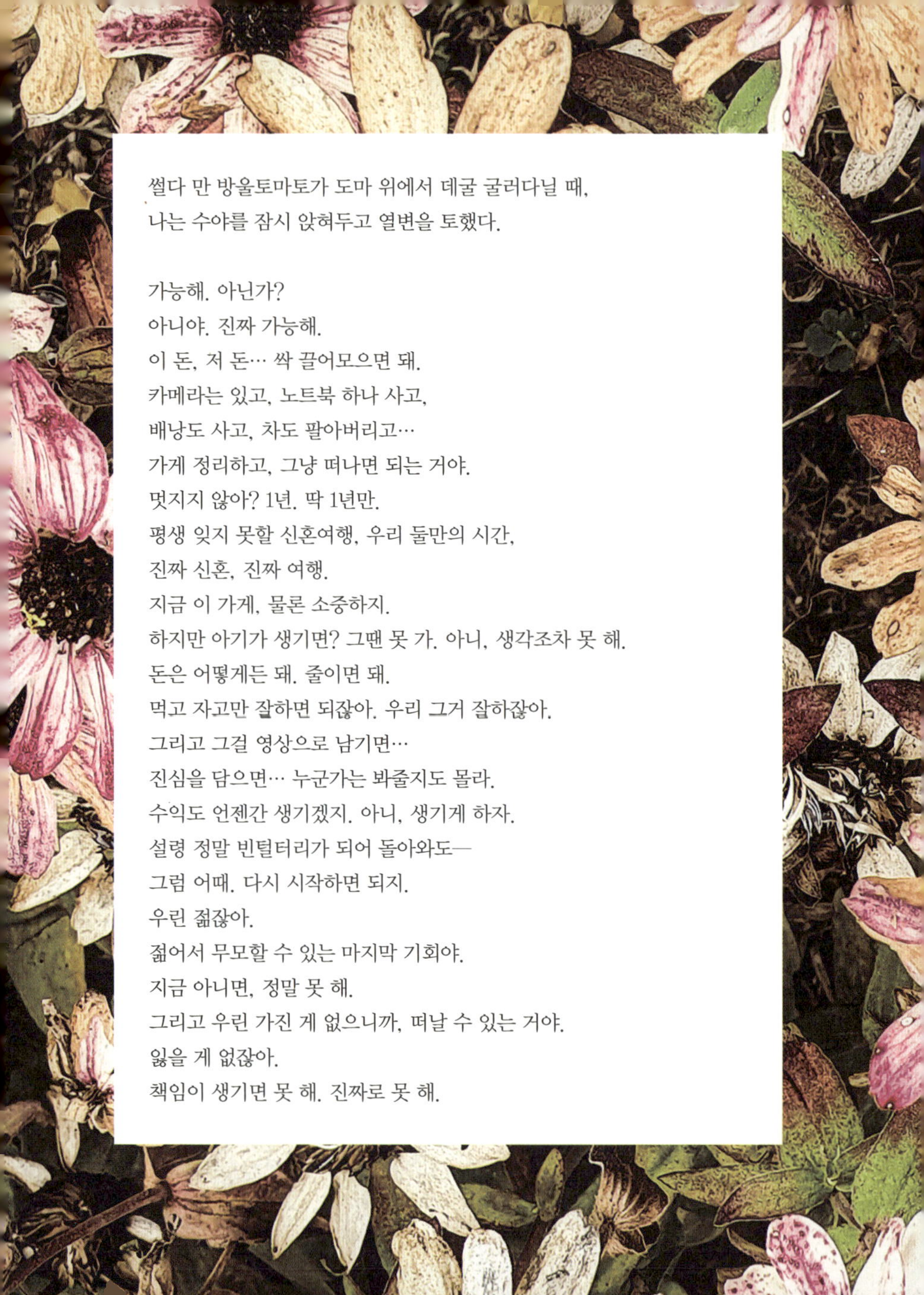

썰다 만 방울토마토가 도마 위에서 데굴 굴러다닐 때,
나는 수야를 잠시 앉혀두고 열변을 토했다.

가능해. 아닌가?
아니야. 진짜 가능해.
이 돈, 저 돈… 싹 끌어모으면 돼.
카메라는 있고, 노트북 하나 사고,
배낭도 사고, 차도 팔아버리고…
가게 정리하고, 그냥 떠나면 되는 거야.
멋지지 않아? 1년. 딱 1년만.
평생 잊지 못할 신혼여행, 우리 둘만의 시간,
진짜 신혼, 진짜 여행.
지금 이 가게, 물론 소중하지.
하지만 아기가 생기면? 그땐 못 가. 아니, 생각조차 못 해.
돈은 어떻게든 돼. 줄이면 돼.
먹고 자고만 잘하면 되잖아. 우리 그거 잘하잖아.
그리고 그걸 영상으로 남기면…
진심을 담으면… 누군가는 봐줄지도 몰라.
수익도 언젠간 생기겠지. 아니, 생기게 하자.
설령 정말 빈털터리가 되어 돌아와도—
그럼 어때. 다시 시작하면 되지.
우린 젊잖아.
젊어서 무모할 수 있는 마지막 기회야.
지금 아니면, 정말 못 해.
그리고 우린 가진 게 없으니까, 떠날 수 있는 거야.
잃을 게 없잖아.
책임이 생기면 못 해. 진짜로 못 해.

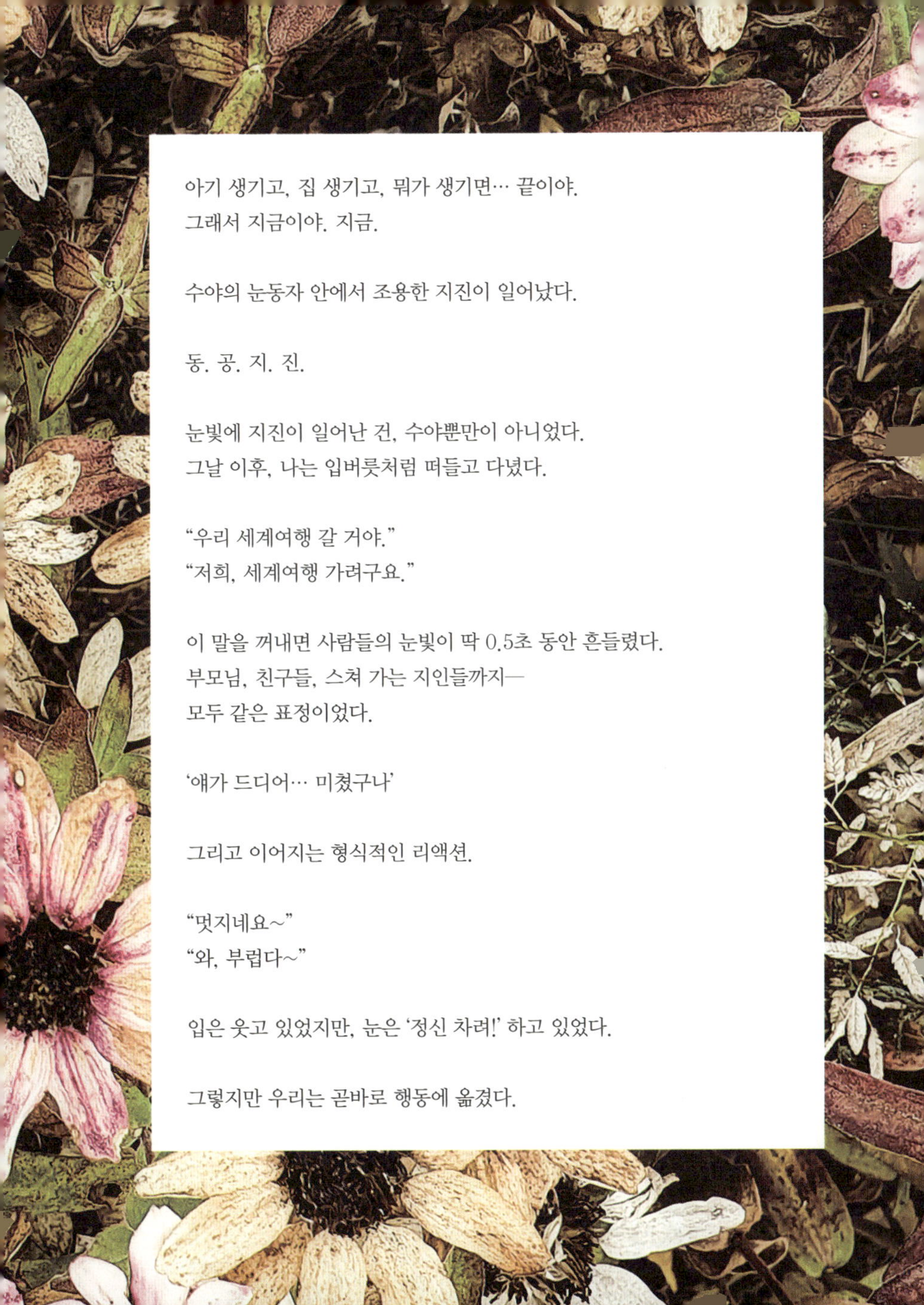

아기 생기고, 집 생기고, 뭐가 생기면… 끝이야.
그래서 지금이야. 지금.

수야의 눈동자 안에서 조용한 지진이 일어났다.

동. 공. 지. 진.

눈빛에 지진이 일어난 건, 수야뿐만이 아니었다.
그날 이후, 나는 입버릇처럼 떠들고 다녔다.

"우리 세계여행 갈 거야."
"저희, 세계여행 가려구요."

이 말을 꺼내면 사람들의 눈빛이 딱 0.5초 동안 흔들렸다.
부모님, 친구들, 스쳐 가는 지인들까지—
모두 같은 표정이었다.

'얘가 드디어… 미쳤구나'

그리고 이어지는 형식적인 리액션.

"멋지네요~"
"와, 부럽다~"

입은 웃고 있었지만, 눈은 '정신 차려!' 하고 있었다.

그렇지만 우리는 곧바로 행동에 옮겼다.

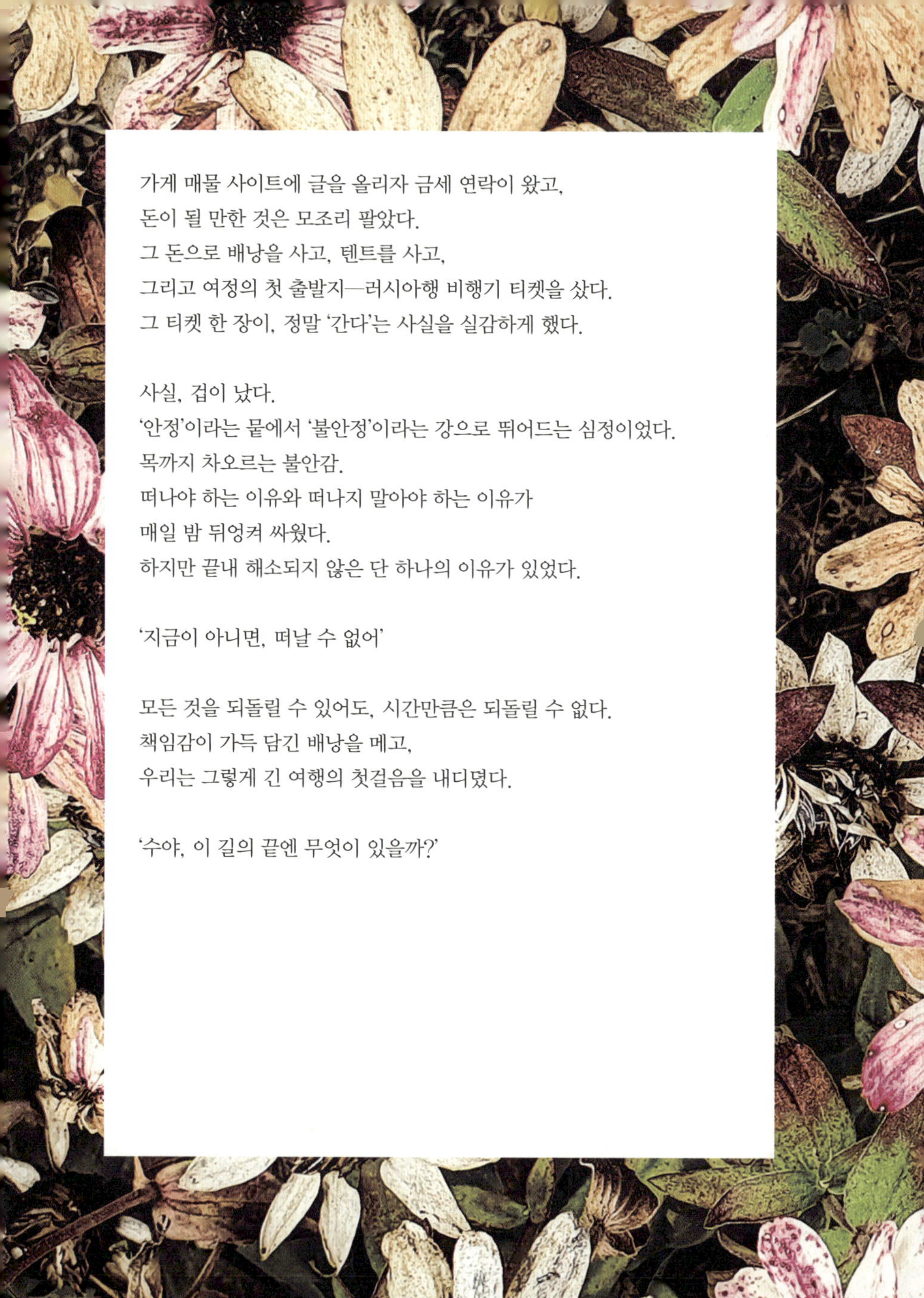

가게 매물 사이트에 글을 올리자 금세 연락이 왔고,
돈이 될 만한 것은 모조리 팔았다.
그 돈으로 배낭을 사고, 텐트를 사고,
그리고 여정의 첫 출발지—러시아행 비행기 티켓을 샀다.
그 티켓 한 장이, 정말 '간다'는 사실을 실감하게 했다.

사실, 겁이 났다.
'안정'이라는 뭍에서 '불안정'이라는 강으로 뛰어드는 심정이었다.
목까지 차오르는 불안감.
떠나야 하는 이유와 떠나지 말아야 하는 이유가
매일 밤 뒤엉켜 싸웠다.
하지만 끝내 해소되지 않은 단 하나의 이유가 있었다.

'지금이 아니면, 떠날 수 없어'

모든 것을 되돌릴 수 있어도, 시간만큼은 되돌릴 수 없다.
책임감이 가득 담긴 배낭을 메고,
우리는 그렇게 긴 여행의 첫걸음을 내디뎠다.

'수야, 이 길의 끝엔 무엇이 있을까?'

주위 사람들의 만류를 등에 업어서 그런지,
배낭이 유난히 더 무겁게 느껴진다.

목차

남편을 보고 놀라운 점 by 수야

에필로그 – 1년 간의 여행 그 이후

러시아,

사람과
사랑

"사람을 아프게 하는 수많은 것들을
이겨낼 수 있는 힘은,
어쩌면 사랑뿐일지도 모르겠다."

인천에서 고작 2시간.
대한민국에서 가장 가까운 유럽이라 불리는
블라디보스토크는 우리의 첫 여행지였다.
러시아 블라디보스토크 공항에 도착하자,
기내 방송에서 흘러나오는 러시아어가 낯설게 울려 퍼졌다.
소름이 돋고, 온몸이 부르르 떨렸다.
이젠 '여행을 할 거야'가 아니라
'여행을 하고 있어!'가 되어버린 순간이었다.

세상에, 우리 정말 여행을 떠났이!

우리는 '1년을 꼭 채우겠다'는 다짐만 품었을 뿐,
세세한 계획은 세우지 않았다.
코로나로 인해 예측할 수 없는 변수들이 많았고,
그때그때 상황에 따라 유연하게 판단하며
무엇보다 안전을 최우선으로 생각하기로 했다.

자, 이제부터 아주 먼 길을 떠나야 한다.

우린 어디로 가게 될까?
또 누구를 만나게 될까?

새하얀 도화지 위에,
멋진 그림을 그려보자.

세계여행, 시작이다.

세상에,
우리 정말
여행을 떠났어!

신혼 첫날밤

"Ladies and gentlemen, welcome to Vladivostok."

이날은 비행도 처음, 입국도 처음, 여행도 처음이었다.
무엇보다 팬데믹으로 인해 미뤄왔던 신혼여행의 첫날밤이었다.
모든 것이 '처음'이었던 우리에게
설렘보다 앞선 감정은 낯선 땅에 발을 디딘 긴장감이었다.

'예상치 못한 일이 벌어졌습니다'

우버를 타려면 인터넷이 필요한데,
유심을 파는 가게들이 신년 연휴로 모두 문을 닫았다.
하는 수 없이 공항을 나서자,
매서운 바람과 차가운 공기에 콧물이 얼고 볼이 얼얼했다.
다행히 지나가던 러시아 승무원에게 물어
딱 한 대 남아 있던 택시를 간신히 잡아탈 수 있었다.
택시에 오른 지 1분도 채 되지 않아
우리는 다시 긴장 상태에 돌입했다.
기사님은 도로가 아닌 휴대폰 화면을 응시하며 운전하고 있었다.
그러더니 아예 고개를 돌려
뒷좌석의 우리를 바라보며 운전하기 시작했다.
서커스가 따로 없었다.

'제발 앞 좀 보세요!'
소리치고 싶었지만, 러시아어를 할 줄 모르는 우리는
그저 눈만 껌뻑이며
그분의 곡예 운전에 목숨을 맡길 수밖에 없었다.
그때, 기사님이 갑자기 휴대폰을 들고 영상통화를 걸었다.
화면 속에서 러시아 남자가 불쑥 등장했다.

"한국 사람이에요? 나 대구에 살아요!"

알고 보니 기사님이 우리와 대화가 안 되자
한국에서 유학 중인 친구에게 전화를 건 것이었다.
러시아에 있는 한국 사람과 한국에 있는 러시아 사람의 묘한 교차.
그 낯선 통화 덕분에 마음이 한결 놓였다.

우리는 블라디보스토크에서 가장 저렴한 캡슐호텔을
신혼여행 첫날밤의 숙소로 정했다.
체크인을 마치고 배정받은 캡슐 안으로 들어가니,
짐 하나 제대로 펼치기도 어려운 작은 공간이었다.
그래도 이 낯선 도시에
우리 두 몸을 누일 곳이 있다는 사실만으로도 위로가 되었다.
우주선처럼 반짝이는 이 작은 캡슐에서
신혼 첫날밤을 보내게 될 줄이야.
우습지만… 은근히 아늑했다.
짐을 대충 던져두고 잠깐 밖으로 나왔을 때,
직원이 다가와 물었다.

"Green tea? Black tea?"
"오! 웰컴 티인가?"

우리는 따뜻한 차를 받아 들고,
얼었던 손을 녹이며 한 모금씩 음미했다.
그런데 다 마시고 나자 직원이 말했다.

"50루블입니다."
…그럴 거면 메뉴판을 주시지.

명색이 여행 첫날인데 그대로 잠들긴 아쉬웠다.
우린 용기를 내어 외출을 감행했고,
모자와 장갑, 목도리까지 꺼내어 꽁꽁 싸맸다.
크리스마스 분위기가 물씬 풍기는 블라디보스토크의 밤거리.
무채색 건물과 앙상한 나무들 사이로 조명이 반짝이고 있었다.
그저 '한국을 떠났다'는 이유만으로
모든 풍경이 낯설고도 아름다워 보였다.

짧은 비행에 지친 우리에게
가장 간절했던 건 따뜻한 실내와 시원한 맥주 한 잔이었다.
우린 술집을 찾아 이 골목 저 골목을 기웃거렸다.
그런데 이상하게도,
가는 곳마다 "예약이 꽉 찼다."며 문전박대를 당했다.
분명 빈자리가 보였는데도 말이다.
슬슬 기분이 상했다.

두려움과 서운함이 섞인 감정이 수야의 표정에서 드러나기 시작했다.
그 눈빛을 보며 나 역시 아무것도 할 수 없었다.
나도 러시아는 처음이었고, 이런 경험도 생전 처음이었다.
아… 이것이 호기롭게 한국을 떠난 우리 여행의 실체인가?

'우리 행색이 초라해서 그런가?'
'우리가 동양인이라 그런가?'

별별 생각이 머릿속을 스쳤다.
어느새 나도 모르게 러시아에 대한
안 좋은 편견이 스멀스멀 자라나고 있었다.

하지만 이대로 돌아갈 순 없었다.
우린 그 추위를 뚫고
술집이란 술집의 문을 다 두드렸다.
한참을 헤매다, 따뜻한 불빛이 새어 나오는 작은 술집을 발견했다.
들어서자마자 후끈한 공기에 숨이 막힐 만큼 따뜻했다.
남은 자리를 찾아 눈치를 보며 자리에 앉았다.
무표정하지만 메뉴판을 내밀던 직원.
그 순간, 수야가 소심한 복수처럼 한마디 했다.

"돈 많이 써야지."
"돈이 있어야 쓰지, 수야…"

더 이상 망설일 것도 없었다.

흑맥주와 피시앤칩스를 주문했다.
첫 잔은 말없이 꿀꺽, 목으로 흘려보냈다.

'하… 정말 맛있다'

블라디보스토크의 밤거리는 취객들로 붐볐다.
추워서인지, 취해서인지, 아니면 둘 다인지
얼굴이 벌겋게 상기된 사람들이 담배를 피워대고 있었다.
아까까지만 해도 심사가 뒤틀리고 속상했던 내가,
그토록 원하던 맥주를 쟁취하고 나니
어두운 골목 사이로 자욱하게 퍼지는
담배 연기마저 낭만적으로 느껴졌다.

우린 손을 꼭 붙들고
블라디보스토크의 거리를 이리저리 걸어 다니며
여행 첫날의 설렘을 만끽했다.

이날은 앞으로 4년간 이어질 긴 여행의 첫 페이지였다.
단 하루 사이에 설렘, 굴욕, 낭만이 휘몰아쳤다.
불과 어젯밤까지만 해도 우리는 집에 있었지만,
지금은 캡슐호텔의 좁은 방에서
서로의 체온에 기대어 나란히 누워 있다.
그 모습이 어쩐지 대견했다.

신혼여행 첫날밤이면 으레 일어나는 일 같은 건

우리에게 없었지만,
우리 바로 위 캡슐에서는 분명 무슨 일이 있었던 것 같다.

삐걱, 삐걱—
조심스러운 리듬에 맞춰 우리는 곯아떨어졌다.

이토록 서운하고 초라했던 하루가
이토록 오래 기억에 남을 줄은,
그땐 정말 몰랐다.

미래의 내가,
지금의 나를 응원하고 있다.

우리에겐 세계여행뿐 아니라,

유튜브를 성공시키겠다는 큰 포부가 있었다.

당시 가장 유명했던 한 여행 유튜버의 영상을 하나하나 필사하며

화면의 구도, 설명 방식, 이야기의 흐름까지 함께 연구했다.

틈만 나면 촬영 연습을 하며 우리의 콘텐츠를 준비했다.

하지만 막상 도전을 앞두고 나니 걱정이 밀려왔다.

'수많은 여행 유튜버들 사이에서,

우리는 어떤 차별성을 가질 수 있을까?'

사실 유튜브를 처음 시작한 것도 아니었다.

그동안 여러 채널을 만들었고, 대부분은 실패로 끝났다.

실패의 기억이 쌓일수록 도전이 두려워졌다.

그럼에도 불구하고, 난 멈출 수 없었다.

어릴 적부터 품어온 꿈들,

그리고 그것들을 이루기 위해 부딪히고 넘어졌던 경험들.

그 모든 기억이 다시 나를 일으켜 세웠다.

그리고 뜻밖에도,

이 고민의 실마리는 어머니와의 짧은 대화에서 풀렸다.

“엄마, 나 수야랑 세계여행 갈 거야.”
“가게는 어쩌고?”
“팔고.”

어머니는 작은 한숨을 내쉬는 듯하더니,
내 옆에 멀뚱히 앉아 있던 며느리의 눈치를 살피며 민망한 듯 웃었다.
이제 어머니는 웬만한 내 결정엔 크게 놀라지 않는다.
아마도 오래 겪어본 사람만이 가지는 체념 같은 평온함이랄까.
그럴 만도 하다.
지금의 내가 있기까지, 꽤나 엉뚱하면서도 진지한 꿈들을
부모님 앞에서 수도 없이 펼쳐 보였으니까.

고등학교 2학년 어느 날,
내가 처음으로 ‘진짜 하고 싶은 꿈’을 꺼내 들었던 순간이 있었다.

“엄마 아빠, 나 꿈이 생겼어. 난 보헤미안이 될 거야.”
“그게 뭔데?”
“길거리 공연 하면서 사람들에게 즐거움을 주는 거. 광대야, 광대.”
“돈은 어떻게 벌고?”
“모자 같은 데 동전 받으면 되지.”

그때의 나는 진지했다.
막연한 로망이 아니라, 마음 깊숙이 믿고 있는 확신이었다.

확신에 찬 내 눈빛을 본 부모님의 마음은 어땠을까.

언젠가 내 아들이 "길에서 광대처럼 살 거야."라고 말한다면
나는 뭐라고 대답할 수 있을까.
어쨌든 그때 부모님은 "그래, 한번 해봐."라고 해주셨다.
그게 진심이었는지는 아직도 잘 모르겠다.

그로부터 1년 후,
고3이 되던 해, 친구들이 입시 공부에 매달려 있을 때
나는 '길거리 광대'가 되기 위한 대학 진학을 꿈꿨다.
공연에 대한 이해와 무대 경험을 쌓기 위해 연극영화과를 희망했고,
연기학원에 등록해 입시를 준비했다.
하지만 세상은 고등학생 우서에게 호락호락하지 않았다.
입시학원에서는 경쟁이 치열했고,
나 역시 그 속에서 살아남기 위해 연기 공부는 물론
신체 훈련까지 매일 최선을 다했다.

결과는 냉정했다.
지원한 모든 대학교에서 불합격.
결국 누구든 등록금만 내면 입학할 수 있다는
직업전문학교 연극과에 들어갔다.
지지부진한 학교생활 중
선배의 소개로 어린이 뮤지컬 극단에 들어가며
비로소 무대의 공기를 몸으로 배웠다.
그곳에서 쌓은 경험이 내 인생의 방향을 바꾸었다.

그리고 21살,

문득 도전한 SBS 공채 개그맨 시험에 덜컥 합격했다.
초등학교 6학년 때 품었던 꿈,
'심형래 아저씨 같은 사람'이 되고 싶다는
그 막연한 꿈이 현실이 된 순간이었다.

하지만 개그맨 시험에 합격했다고 해서
곧바로 영구나 찰리 채플린이 되는 건 아니었다.
현실은 달랐다.
방송국 문턱조차 밟지 못했고,
21살의 어린 나는 형 누나들의 노련함 앞에서 기를 펴지 못했다.
그렇게 지지부진하게 개그맨 생활을 하던 중
입대 영장이 나왔고, 군 복무를 마친 뒤
다시 진로를 정리하기로 마음먹었다.

그러던 어느 날,
그토록 원하던 서울예술대학교의 수시 전형 공고를 보았다.

"군대 가기 전에 한 번쯤은 해봐도 되지 않겠어?"
어머니의 한마디가 내 등을 떠밀었다.
물론 두려움이 컸다.
지난 2년 동안 내가 성장하지 않았다면 어쩌지?
하지만 이상하게도 자신감이 꿈틀거리기 시작했다.
결국 다시 도전하기로 결심했다.

247:1.

무시무시한 경쟁률이었다.
내가 합격하기 위해서는

나와 같은 노력을 한 246명을 떨어뜨려야만 했다.

연기 레슨을 받을 형편이 되지 않아
혼자 한강공원에서 독학했다.
소품으로 쓸 목검이 필요했지만 살 돈이 없어
철물점에서 빗자루를 사 검은 절연테이프를 칭칭 감았다.
세상에서 가장 허술한 빗자루 목검.
하지만 세상에서 가장 간절한 무기였다.
그 빗자루를 휘두르며 매일같이 되뇌었다.

"부수적인 건 중요하지 않아. 그저 진심을 다해 연기하자."

아마 교수님들이 그 진심을 보셨던 걸까.
1차 합격 문자를 받았다.
호들갑 떨지 않았다. 어차피 2차에서 떨어질 테니까.
1차 탈락자를 제외하니 2차 경쟁률은 4:1.
그 또한 쉽지 않았다.
나는 마음을 내려놓고 후회 없이 시험장에 들어갔다.
교수님들은 나를 빤히 쳐다보기만 했다.
아무 질문도 없었다.
질문이 없다는 건 불합격의 징조였다.
집으로 돌아오는 길, 패배감이 얼굴에 짙게 드리웠다.

하지만 엄마는 그날의 나를 이렇게 회상한다.

"그날 너한테 묵직한 아우라가 있었어."

며칠 뒤, 최종 합격 문자를 받았다.
그날은 세상의 모든 게 반짝였다.
기어다니는 벌레조차 나비처럼 보였고,
지하철 좌석이 텅 비었는데도 심장이 뛰어 가만히 앉아 있질 못했다.
그때의 나는 어떤 명문대 합격장을 준다 해도
서울예술대학을 선택했을 것이다.

합격 소식을 전하자 부모님은 세상이 떠나가라 소리를 질렀다.
2002년 이탈리아전 안정환의 동점 골 이후
그렇게 기뻐하시는 모습을 처음 봤다.

하지만 원하는 대학에 들어간다고 해서
꿈꾸던 '보헤미안'의 삶에 가까워지는 것은 아니었다.
그 안에서도 치열한 경쟁이 있었고,
나는 남들보다 몇 배는 더 열심히 연기 공부를 했다.
그렇게 학교를 다니다 보니
나는 점점 연극을 사랑하는 배우가 되어 있었다.
그 이후로도 내가 '무언가를 해보겠다'고 말하면
대부분 정말로 해냈다.
누군가에겐 뜬구름을 잡는 소리처럼 들렸겠지만
나는 그것들을 하나하나 현실로 만들었다.

그래서 나에겐 '도전'이 두렵지 않다.
시도조차 하지 않으면, 이룰 확률은 0이니까.

아마 그런 과정을 다 지켜본 부모님이었기에
내가 "수야랑 세계여행을 가겠다."고 했을 때
말릴 수 없었을 것이다.
그리고 속으로는 또 한 번 기대했을지도 모른다.
이번엔 어떤 결과를 만들어 올까 하고.

"세계여행을 하면서 유튜브를 할 거야."

어머니는 걱정스러운 눈으로 수야를 바라보았다.
혹시라도 내 말에 휩쓸린 건 아닌지,
정말 본인의 뜻인지 살피고 계셨다.
그런데 수야는 오히려 어머니에게 다가가
곧 떠날 여행에 대해 반짝이는 눈으로 설명하고 있었다.

엄마는 조용히 웃으며 말했다.
"수야를 예쁘게 담아줘."

그 말이 가슴속에 꽃잎처럼 살포시 내려앉았다.
남은 생의 가장 아름다운 순간들을
영상으로 남겨두라는 뜻이었을 것이다.

그 순간, 번쩍이는 생각이 스쳤다.

앞으로 우리가 찍게 될 영상에는
세상의 풍경만이 아니라 세상을 바라보는 수야의 눈빛,
그리고 그런 수야를 바라보는 나의 시선,
그 속에 담긴 사랑이 함께할 것이다.
어쩌면 그것이, 수많은 여행 유튜버들과의 차별점 아닐까.

단순한 여행이 아니라,
서로를 깊이 사랑하며 만들어 가는 인생의 기록.

좋았어.
세계가 무대라면 주연은 수야, 조연은 나.
각본 없는 연극처럼, 매일이 새로운 장면이고
우리는 그 속의 배우다.
이제 막 막이 오른 이 멋진 여정 속으로
우린 힘차게 걸어 들어간다.
누군가는 넉넉한 환경 속에
세계여행의 화려함과 낭만을 그려가고 있을 때,
나는 통장에 아슬아슬하게 찍혀 있는
3천만 원의 잔액을 바라보며,
간절함으로 칭칭 감겨 있던 빗자루 목검을 떠올렸다.

'부수적인 건 중요하지 않아. 그저 진심을 다하자'

하지만, 서른의 우서에게도
세상은 여전히 호락호락하지 않았다.

러시아는 춥다.
그래서인지 러시아 사람들의 얼굴에서는
표정을 찾기가 쉽지 않다.
웃는 데 쓰는 에너지도 아껴야 한다나 뭐라나.
하지만 말을 조금만 섞어보면
하나같이 다 착하고 정이 많았다.
마치 무뚝뚝하게 계란말이 서비스를 툭 던지고 가는
'츤데레' 식당 사장님처럼.

대학교에서 연극을 공부할 때,
러시아의 연기 훈련법과 희곡은 반드시 알아야 할 필수 지식이었다.
우리가 잘 아는 셰익스피어 못지않게,
아니 어쩌면 그보다 더 자주 접했던 게 러시아 희곡이었다.
연기 훈련의 방법론을 제시한
스타니슬랍스키의 《배우수업》은 필독서였고,
그의 훈련법은 지금도 한국 배우들이 사용하는 기본 교재 중 하나다.
요즘 흔히 말하는 '메소드 연기'라는 말도
이 책에서 비롯된 것이다.
(사실은 그 단어가 조금 잘못 쓰이고 있긴 하지만)

여담이지만, 배우 박신양 씨가
러시아의 명문 연극학교 ‘셰프킨’을 졸업했다.
박신양 배우의 연기를 사랑하는 팬으로서
나 또한 그 학교에 가고 싶은 꿈을 꾸곤 했다.
그리고 안톤 체호프나 막심 고리키 같은 작가들의 희곡은
지금도 우리나라 무대에서 자주 오른다.
〈갈매기〉, 〈벚꽃 동산〉, 〈밑바닥에서〉 같은 걸작들.
그런 작품들을 공부할 때
교수님들은 종종 이렇게 말씀하셨다.

“러시아와 한국은 정서가 참 비슷하다.”

처음엔 어떤 부분이 비슷한지 몰랐지만,
대본을 거듭 읽다 보면 느껴지는 정서의 결,
가족 중심의 사고방식 등이 어쩐지 닮아 있었다.

그래서였을까.
러시아에 도착한 나는 풍경보다 ‘사람’에게 더 관심이 갔다.
정말 교수님들 말씀처럼,
무뚝뚝한 얼굴 아래 한국 사람들과 닮은 정서를
직접 확인하고 싶었다.
생김새는 다르지만,
마음속에 품고 있는 온기는 정말 같을까?
그걸 확인하고 싶었다.

그래서 우리가 선택한 여정은 시베리아 횡단열차였다.
블라디보스토크에서 모스크바까지, 약 9,000km.
그 열차를 타고 일주일간 이동하며
열차 안에서 만날 이웃들과 시간을 보내다 보면
내가 궁금했던 것들을 알 수 있지 않을까 싶었다.
사실 이 열차를 우리처럼 처음부터 끝까지,
즉 9,000km 풀코스로 타는 러시아인은 거의 없다.
이들에게 시베리아 횡단열차는
그저 일상적인 장거리 교통수단일 뿐이다.
대부분은 몇 시간, 길어야 하루이틀 정도만 이용한다.
하지만 이상하게도 한국 사람들에게는
이 열차가 일종의 '도전'처럼 여겨진다.
우리가 모스크바까지 7박 8일을 탄다고 하면
러시아 사람들은 꼭 놀란 표정으로 묻곤 했다.

"비행기가 훨씬 싼데, 왜 이걸 타요?"

우린 "낭만이 있잖아요."라고 말하고 싶었지만,
러시아어도 영어도 통하지 않아 결국 늘 미소로 대답하곤 했다.
사실 낭만도 좋지만, 앞으로 이어질 긴 여행을 생각하면
'빨리빨리'에 익숙한 우리에겐
속도를 늦추는 연습이 필요했다.
시베리아 열차 위에서라면
천천히 가는 삶에 익숙해질 수 있을 것 같았다.

열차 승강장에 서서,
끝없이 이어진 선로를 바라보며 생각했다.
해리 포터가 9와 4분의 3번 플랫폼에서
호그와트행 열차를 타기 전
이런 기분이었을까?
마치 이 열차를 타면
정말로 우리가 모르는 세상으로 들어가게 될 것만 같았다.
그도 그럴 것이,
이 열차는 지금까지의 인생에서
가장 먼 곳까지 우리를 데려다줄 테니까.

'시베리아 횡단열차, 블라디보스토크에서 출발합니다'

가자.
우리를 다른 세상으로 데려다줄,
모스크바행 특급열차!

우서: 하하하… 너는 예쁘기만 하지. 바보구나?
수야: 뭐래. 못생긴 게 바보면서.

러시아 군인

우리 침대 좌석 창밖으로
새하얀 시베리아 평야가 우아하게 흘러가고 있었다.
전쟁이 임박했다던 러시아의 풍경은
너무나 평화로웠다.
뉴스에서는 러시아가 어쩌고저쩌고 시끄러웠지만,
눈앞에 펼쳐진 풍경은
그저 하얗고 적막한 눈밭뿐이었다.
수야가 걱정스러운 눈빛으로 물었다.

"오빠, 곧 러시아에 전쟁 날 수도 있대…"
"전쟁 안 나, 걱정 마."
"근데… 진짜 나면 어떡해?"
"수야가 잘 몰라서 그러는데, 전쟁이 그렇게 쉽게 나는 게 아니야."

…그리고 얼마 지나지 않아,
러시아는 우크라이나를 침공했다.
수야를 안심시키려던 말이었지만,
솔직히 나도 마음 한구석이 불안했다.

정차역에서 짧게는 1분, 길게는 40분 정도 머물렀는데,
한번은 잠깐 내렸다가

군용 차량과 중장비를 잔뜩 실은 화물열차가
모스크바 방향으로 지나가는 걸 본 적이 있다.

'에이, 뭐 늘 있는 일이겠지'
하며 그냥 넘겼지만,
정말 푸틴이 전쟁 준비를 하고 있으리라고는
상상조차 하지 못했다.

어느 날은 땀 냄새와 암내가 뒤섞인
고약한 냄새를 풍기는 군인들이 대거 탑승했다.
그들도 모스크바까지 가지 않고
중간중간 하차하길래 휴가나 훈련을 가는 줄만 알았다.
그들이 전쟁터로 향하고 있었을 거라고는
정말, 전혀 몰랐다. 아마 그들 자신도 몰랐겠지만.

사건은 내가 2층 침대에서 낮잠을 자고 있을 때 터졌다.
"오빠 오빠, 저 군인이 계속 쳐다봐."
"응?"
"쟤 이상해."
"왜?"

내 아내에게 윙크를 하고 추파를 던졌다고 했다.
벌떡 일어나 그쪽을 바라보자,
그 녀석은 아무 일도 없었다는 듯
시선을 휙 돌려버렸다.

이 자식이… 대한민국 육군 예비역 병장을 뭘로 보는 거야.
나는 2년간 먹은 짬밥에서 나온
가장 흉악한 표정을 지으며 소리쳤다.
"헤이, 헤이! 와이! 와이!"
(휙—)

어허, 어른이 부르는데 대답도 없이
몸을 돌려 자는 척을 하는 게 아닌가.

'자식, 쫄았군…'
사실은… 다행이었다.
우리 객차엔 소대급,
20명 남짓한 군인들이 함께 타고 있었는데
만약 싸움이라도 났다면… 하하.

시베리아 횡단열차를 타며
많은 군인들이 내리고 타는 걸 반복했다.
상관이 있을 땐 군기 잡힌 표정이었고,
상관이 없을 땐 어린아이처럼 웃고 떠들었다.
그 모습을 보며,
군인은 어디서나 다 똑같구나 싶었다.
지금도 러시아-우크라이나 전쟁 소식을 들을 때마다
그때 함께 지냈던 군인들이 떠오른다.
맛있는 음식을 먹으며 좋아하던 얼굴,
서로 농담을 주고받으며 낄낄거리던 그 모습이

아직도 눈앞에 선하다.

너무나 어려 보였던 그들이 총을 들고 싸우며 다치고,
어쩌면 전사했을지도 모른다는 생각에
마음이 시려온다.

스치듯 짧았던 인연이지만,
그 군인들은 지금 살아 있을까.
평화로운 시베리아 평야 너머 전선에 있는
모든 젊은이들의 오늘이
무사하길 바란다.

시베리아를 달리는 차창 밖 풍경은 차가웠지만,
2번 열차 안은 따뜻한 사람 냄새로 가득했다.
카드게임을 하며 시끄럽게 웃어대는 젊은이들,
술이 금지된 객실에서 밤낮으로 보드카에 취해
얼굴이 벌게진 아저씨,
복도를 놀이터 삼아 깔깔대며 뛰노는 아이들,
삼삼오오 모여 수다 떠는 아주머니들,
그 사이에 앉아 번역기로 대화에 참여하는 수야,
그리고 첫 유튜브 영상을 편집하느라
머리카락을 뜯고 있는 나까지—
객실 내 온도는 25도.
공기도, 사람도, 모든 것이 따뜻한 2번 열차였다.

우리의 걱정과는 달리,
우리는 그 안에서 꽤 잘 적응해 갔다.
아니, 어쩌면 러시아 사람들이
우리를 따뜻하게 챙겨줘서 그랬는지도 모른다.
미하엘 아주머니는 직접 만든 음식을 아낌없이 나눠주셨고,
정차 시간에는 우리가 길을 잃을까 봐
함께 내려 동행해 주셨다.

부산에 다녀온 뒤 돼지국밥과 사랑에 빠졌다는 청년 빅토르는
우리의 모습을 그리고 싶다며 작은 스케치를 건넸다.
영어 실력이 나와 비슷했던 역사 선생님 막심은
국제 정세에 대해 어렵지만 진지한 대화를 이어갔다.
인상이 좋았던 보부상 아저씨는
유창한 발음으로 "안녕하십니까!"라고 인사했다.
다소 무뚝뚝하고 무서워 보였던 아저씨는
한국으로 가족 여행을 다녀왔다며 사진을 자랑스럽게 보여주었다.
우리는 '이방인'이라는 이유로
그들에게 보살핌을 받고 있었다.

그 와중에 가장 기억에 남는 인물은,
우리 옆자리에서 3박 4일을 함께한 5살 미샤.
짱구의 러시아 버전 같은 장난꾸러기였다.
미샤와는 언어가 전혀 통하지 않았지만,
눈빛과 몸짓만으로도 마음을 나눌 수 있었다.
미샤가 우리에게 천천히 마음을 열어가는 과정을 함께하며
우리는 참 소소한 행복을 느꼈다.

결국 우리는,
이 모든 사람들과 이별해야 했다.
그들의 목적지는 모스크바가 아니었기에.
빈자리를 느낄 새도 없이
또 다른 누군가가 그 자리에 앉았다.
그리운 이들이 사라지고,
낯선 얼굴들이 그 자리를 채웠다.

미하엘 아주머니는
새벽에 내리시는 바람에 작별 인사조차 하지 못했고,
빅토르는 꼭 다시 보자며
우리를 뜨겁게 껴안았다.

그리고,
우리와의 이별을 알아챈 듯
유독 표정이 어두웠던 5살 미샤.

2번 열차가 떠나가라 웃던 웃음소리도,
장난감 경찰차의 요란한 사이렌 소리도—
찰나의 이별이라면 모두 추억이 된다.

영원한 안녕, 그래서 더 진한 기억.
안녕(Hello)과 안녕(Bye).
첫 안녕은 설렘이고,
마지막 안녕은 언제나 아쉬움이었다.

여행은 결국,
장소와 사람, 그리고 그 무엇이든
정을 둔 것들과의 만남과 이별의 연속이다.
우리가 이 긴 여행을 멈춰야 할 때는,
수많은 이별 앞에서도 초연헤질 때가 아닐까.

그러니,
만남이 여전히 설레고
이별이 여전히 아쉽다면—
우린 아직,
여행할 자격이 있다.

'지금 미샤는 우릴 기억하려나?
참 많이 컸겠지'

우린 아직도 그 녀석을 그리워한다.
우리에게 미샤는
영원히 5살의 모습을 하고 있을 것이다.
그 아이를 다시 만날 순 없겠지만,
미샤가 우리만큼 어른이 되었을 때
저 깊은 어딘가에서,
어렴풋이 우리를 기억해 주었으면 좋겠다.

안녕(Hello)과 안녕(Bye).
첫 안녕은 설렘이고,
마지막 안녕은 언제나 아쉬움이었다.

얼어라 오로라

"3대의 덕을 쌓아야만 볼 수 있다."는 오로라!

그런 오로라를,
러시아 최북단 무르만스크에서는
단돈 5만 원에 볼 수 있었다.
전 세계 최저가 오로라 헌팅.

그러나 시작 10분 만에 가이드가 조용히 말했다.

"오로라."

밤새 추위와 싸우며 기다릴 줄 알고
간식까지 잔뜩 챙겨왔건만,
의외로 너무 싱겁게 발견해 버렸다.
그래도 오로라는 오로라니까!

사진은 멋졌지만, 현실은 그리 낭만적이지 않았다.
차가운 바람이 발끝을 도려내고,
손끝은 점점 감각을 잃어갔다.

결국 우리는 오로라보다
차 안의 난방을 더 간절히 바라며
몸을 웅크렸다.

'손도 얼어라, 발도 얼어라, 얼굴도 얼어라…'
이상한 주문을 외우며
그렇게 우리는 '얼어라'를 본…
아니, '오로라'를 본 사람이 되었다!

그래도
오로라는
오로라니까!

'손도 얼어라,
발도 얼어라,
얼굴도 얼어라…'

사람은
무엇으로 사는가

영하 20도.
옛 러시아 제국의 수도, 상트페테르부르크.
관광 중 잠시 추위를 피해 한 카페에 들어가
따뜻한 숨을 고르고 있을 때였다.
카페 밖에는 안으로 들어오지 못한 한 할머니가 계셨다.
두꺼운 외투도 없이, 찬 바람을 온몸으로 맞으며
카페 앞에 웅크린 채 앉아 있었다.
아마도, 따뜻한 음료 한 잔을 사기엔
주머니 사정이 여의치 않았던 모양이다.

그때였다.
한 러시아 청년이 조용히 음료 하나를 주문하더니
아무 말 없이 그것을 할머니 손에 쥐여드렸다.
할머니는 마침내 카페 안으로 들어오셔서
따뜻한 음료를 손에 쥔 채, 천천히 몸을 녹이셨다.

나는 멍하니 그 청년을 바라보기만 했다.
그는 아무 표정 없이
다시 계산대로 가더니 이번엔 빵을 하나 더 주문했다.
직원이 "미하일!" 하고 이름을 불렀고,

청년은 조용히 빵을 받아
다시 할머니에게 건넨 뒤 말없이 카페를 떠났다.

러시아의 대문호 톨스토이의 작품
《사람은 무엇으로 사는가》의 결말은 '사랑'이다.
그리고 그 작품 속에서,
사람은 결국 사랑으로 살아간다는 사실을 깨닫고
하늘로 올라가는 천사의 이름이 바로 '미하일'이었다.
이런 우연이!
아니면, 내가 본 그 청년은 정말 천사였을지도 모르겠다.

하지만 정말로,
사람은 사랑으로 살아가는 걸까?
우리는 돈과 직업, 학벌, 성과로 살아가는 줄 알고,
비교와 시기, 질투로 마음을 채우며 살고 있진 않을까.

사랑만으로 살아갈 수 있는 세상은 없을지 몰라도—
사람을 아프게 하는 수많은 것들을
이겨낼 수 있는 힘은,
어쩌면 사랑뿐일지도 모르겠다.

하지만 정말로,
사람은 사랑으로
살아가는 걸까?

민들레
홀씨처럼

'다음 나라는 어디로 가지…'

우리의 여행은 언제나 즉흥적이다.
원래 우리 두 사람의 성향도 그런 편이지만,
이번 여행만큼은
짜여진 계획에 따라 움직이고 싶지 않았다.

그저 시간과 공간에 몸을 맡기고,
둥둥 떠다니고 싶었다.

마치,
무거운 배낭을 멘
민들레 홀씨처럼.

튀르키예, 자유와 삶

"우리의 여행과 삶에는 계획표가 없다.
그래서 불안하고, 그래서 벅차다."

이게 무슨
신혼여행이야!

"Buraya çadır kuramazsınız! Hemen toplayın!"
(여기서 텐트 치면 안 돼요! 당장 철수하세요!)

생전 처음 들어보는 튀르키예 북부 도시, 트라브존(Trabzon).
14시간을 달려온 버스가 늦은 밤 도착했을 때,
우리에겐 갈 곳이 없었다.
비는 추적추적 내리고, 비를 피할 곳도 마땅치 않았다.
도저히 몸을 눕힐 만한 곳이 없어 공원 한편에 텐트를 쳤다.
하지만 덩치 큰 공원 관리인이 단호하게 외쳤다.

"노! 텐트! 아웃!"
우린 그대로 쫓겨났다.

다른 날, 튀르키예 최고의 휴양지 안탈리아(Antalya)엔 폭풍우가 몰아쳤다.
하늘이 뚫린 듯 비가 쏟아지고,
비바람이 얼굴을 때려 앞을 제대로 볼 수조차 없었다.
도로는 순식간에 물에 잠기고,
차들은 오도 가도 못한 채 멈춰 서 있었다.

"위험하겠다, 빨리 피하자."
수야의 손을 잡은 순간,
땅바닥에 둥둥 떠다니는 노란빛 무언가가 눈에 들어왔다.

"오렌지다!"
수야의 짱짱한 외침. 그리고, 명장면의 탄생.
구정물 위를 유유히 떠다니는 수많은 오렌지 행렬.
안탈리아가 오렌지로 유명하다더니… 정말이네.
여길 봐도 오렌지, 저길 봐도 오렌지.
이야, 오렌지를 본 지 얼마나 오랜지.

수야는 그중 하나를 주워 들더니,
다음 날 먹겠다며 가방 속에 소중히 넣었다.

"이게 무슨 신혼여행이야!"
하지만, 이게 바로 우리의 신혼여행이었다.

저렴한 숙소를 찾겠다고 숨을 헐떡이며 거리를 헤매고,
길바닥에 앉아 "오늘 밤은 어디서 자지?" 하며 가족회의를 하고,
과일 썩은 냄새가 진동하는 2만 년 된 동굴에서 하루를 보내기도 했다.
안전장치 하나 없는 풍선을 타고
800m 상공으로 날아오르기도 했고,
길을 안내하던 개에게 '개이드(가이드)'라는
이름을 붙여 따라다니기도 했다.

너무 지치고 힘든 여정이었지만,
지나고 보니 모든 순간이 소중했다.
이 세상 단 하나뿐인,
우리만의 신혼여행이었다.

이 세상
단 하나뿐인,
우리만의 신혼여행

카르데쉬,
형제의 나라

"아일라 알아요?"
"아일라요? 그게 뭐예요?"

처음엔 '아일라'가 혹시
아이란(뤼르키예 전통 요거트 음료) 얘긴가 싶어 웃으며 넘겼다.
하지만 여행이 이어질수록 같은 질문이 너무 자주 반복되자
더는 모른 척할 수 없었다.
결국 제대로 물어보니, 뜻밖의 답이 돌아왔다.

"그거, 영화예요. 〈아일라: 전쟁의 딸〉."

수야가 급히 검색해 보았다.
2017년에 개봉한 〈아일라: 전쟁의 딸(Ayla: The Daughter of War)〉.
한국전쟁을 배경으로, 터키군 장교와 부모를 잃은 한국 소녀가
아버지와 딸처럼 함께 지내다가 끝내 헤어지는 이야기였다.
실화를 바탕으로 만들어진 이 영화의 실제 주인공들은
60년이 지나 2010년 서울에서 눈물의 재회를 하기도 했다.

"아, 그래서 사람들이 우리한테 '아일라! 아일라!' 했던 거구나."
비밀이 풀렸다.

이 영화는 튀르키예에서 500만 명이 관람한 초대형 흥행작이었다.
튀르키예에선 100만만 넘어도 성공, 200만이면 대박이라는데,
500만이라면 말 그대로 '온 국민이 다 본 영화'였다.
한국으로 치면 천만 관객을 훌쩍 넘는 셈이다.
하지만 정작 한국에서는 단 4만 명만이 극장을 찾았고,
우리가 찾아보려 해도 구하기조차 어려웠다.
한국전쟁을 다룬 영화였음에도
정작 한국 사회에서 거의 알려지지 않았다는 사실이 낯설게 다가왔다.
물론 흥행에는 여러 요인이 작용한다.
하지만 500만과 4만의 차이는 단순한 기록의 간극이 아니었다.
한국전쟁을 기억하는 방식의 차이처럼 느껴졌다.
우리가 튀르키예 여행을 하며 한국전쟁을 마주한 건
이 영화뿐만이 아니었다.

북부 흑해 지역의 작은 도시, 사프란볼루.
골동품 가게를 운영하던 카짐 아저씨는
우리가 한국인이라는 말을 듣자 환한 미소로 맞이했다.
"오! 코리아! 서울에서 왔어? 부산에서 왔어?
사프란볼루에 온 걸 환영해."

그러다 이내 표정이 숙연해지며 낮은 목소리로 말을 이었다.
"우리 할아버지가 한국전쟁에서 전사하셨어.
난 한국을 사랑해.
한국과 튀르키예는… 심장을 나눈 형제야."
그는 그렇게 말하며 빵과 차를 내어주었다.

그 순간의 공기, 눈빛, 말투—
단순한 환대가 아니었다.
정말로 심장을 나눈 형제의 울림이 있었다.

1950년, 한반도에 전쟁의 불길이 치솟던 때.
머나먼 길을 배 타고 건너온 튀르키예의 젊은 병사들이 있었다.
그들은 한 번도 본 적 없는 우리를 위해
낯선 땅에서 목숨을 걸었다.
그리고 그중 700명은 끝내 고향으로 돌아가지 못했다.
그 사실을 떠올리는 것만으로도 마음이 먹먹해졌다.
아마 카짐 아저씨의 할아버지도 그들 중 한 사람이었을 것이다.

이런 경험은 여행 내내 이어졌다.
한국인이라는 이유 하나만으로
커피를 내어주고, 음식을 나누고,
집으로 초대해 저녁을 대접받기도 했다.
물론 튀르키예의 '손님을 극진히 대접하는 문화'는 알고 있었다.
그러나 우리가 받은 환대에는 늘 다른 의미가 겹쳐 있었다.

그들은 빠짐없이 이렇게 말했다.
"카르데쉬 꼬레(한국은 형제야)!"

그럴 때마다 이상한 기분이 들었다.
사실 도움을 받은 쪽은 우리였는데,
정작 '형제의 나라'라는 말을 더 크게,

더 자주 꺼내는 건 그들이었다.

그 말에는 단순한 외교적 수사가 아니라,
전쟁의 상처와 자부심,
그리고 세대를 건너 이어져 온 기억이 담겨 있었다.
그리고 문득 생각했다.
'우리가 더 기억해야 하는 건 아닐까'

전쟁의 폐허 속에서 손 내밀어 준 이들을,
가족을 잃은 아픔을 자부심으로 품으며
지금까지 '형제'라 부르는 이들을.
이제는 이렇게 멋진 나라가 된 대한민국의 국민으로서,
우리가 그 기억을 지켜내고
때로는 도움이 되는 '형제'가 되어야 하지 않을까.

그래서 여행길에서 튀르키예 사람들을 만나면
나는 늘 기쁜 마음으로 이렇게 외쳤다.
"카르데쉬!"

내가 할 수 있는 가장 작은 보답이라 믿으며.

한 마디의 거리

도시를 이동하기 위해 장시간 버스를 타고 있을 때였다.
'도착하려면 얼마나 남았지?'

휴대폰 지도를 켜고
손가락을 갖다 대보았다.
검지손가락 두 마디 정도의 거리.
'거의 다 왔네?'

그 지도를 그대로 한국으로 옮겨봤다.
서울과 부산 사이의 거리는
검지손가락 한 마디도 되지 않았다.

나는 얼마나 작은 세상 속에서 살아왔던 걸까.

그리고 지금,
우리는 얼마나 큰 세상 위에
나와 있는 걸까.

거대한 세상을 여행하고 있지만,
내가 보고, 듣고, 느끼는 것과
내 육체 사이의 거리,
그리고 수야와 나,
우리 두 영혼의 거리도
좁혀지지도,
멀어지지도 않는다.

그저 너와 나,
'우리'라는 작은 세상이 중심이 되어
천천히 움직이고 있는 듯하다.

우리는 얼마나 큰 세상을 보게 될까.
이 여행이 끝날 무렵,
우리의 마음은 얼마나 넓어져 있을까.

꿈꾸는 건 무료

배낭을 메고 정처 없이 튀르키예를 떠돌다 보니,
현지인들이 자신들만 알고 있는 멋진 곳들을 하나둘 소개해 주기 시작했다.
그중 하나가 바로 우준괼(Uzungöl)이라는 마을이었다.
한국인들에게는 낯설고 정보도 거의 없는 곳이라,
우린 그저 현지인들에게 물어물어 길을 찾았다.
그렇게 도착한 곳은 튀르키예 북동부,
산맥 깊숙한 곳에 자리한 작은 호수 마을.

'긴 호수(Long Lake)'라는 뜻을 가진 이 마을은
해발 1,090m 고지대의 자연 호수를 중심으로 조용히 자리 잡고 있었다.
사방이 산으로 둘러싸인 이곳은 우리가 갔을 당시 눈이 채 녹지 않아
겨울의 고요함이 그대로 남아 있었다.
아직 많은 사람들에게 알려지지 않은,
말 그대로 숨겨진 보석 같은 곳이었다.

"우와… 와… 여기 알프스야!"
(알프스 근처도 안 가본 수야가 말했다)

그런데 코로나 때문인지,
비성수기여서 그런지 관광객은커녕 사람이 아예 없었다.
자칫하면 유령도시처럼 느껴질 수도 있었지만,
오히려 그 적막 덕분에 더 많은 상상을 할 수 있었다.

사람들로 북적이는 우준괼은 어떤 모습일까.
그런 상상을 하며 거리를 걷다 보니,
지금처럼 아무도 없는 이 풍경도 나쁘지 않다는 생각이 들었다.

마치 우리 둘만을 위해 준비된 여행지 같잖아.
오히려 좋아!
우린 한적한 호숫가를 걸으며 별생각 없이 이야기를 나눴다.

"수야, 저 산자락에 집을 짓고 사는 사람들은 어떨까?"
"근데 너무 무서울 것 같지 않아?"
"그래도 아마 좋을 거야. 촉촉한 산내음을 맡으며 눈을 뜨고,
은은한 새 노랫소리를 들으며 아침을 먹는 거지.
그냥 집 앞에만 앉아 있어도 행복할 거야. 그치?"

"그래, 스트레스도 없고 걱정도 없겠다."
"근데 여기 편의점 같은 게 하나도 없네?"
"에이, 그럼 안 되지. 누가 아프면 어쩌지? 구급차는 올까?"
"글쎄… 한참 걸리겠지."
"아니다, 아니야. 여기선 살기 힘들겠다."
"그래, 역시 사람은 도시에서 살아야 돼."
"그래, 도시가 좋아… 복작복작 모여 살면서 미세먼지도 좀 맡고,
인상 쓰며 클랙슨도 울리고,
일에 치이고 애들에게 치이며 스트레스 좀 받으면 어때?"
"돼지김치찌개랑 쓴 소주 한잔 먹으면 되지!"
"…돼지김치찌개 맛있겠다."

“근데 그 삶은 너무 여유가 없어, 그치?”
“그러네… 사람이 꼭 그렇게만 살아야 하는 걸까? 에효~”
“에잇… 적당히 섞인 건 없을까?”

우린 터덜터덜 걸으며
미래의 살 곳을 마치 짜장면과 짬뽕 고르듯 이야기하고 있었다.

결국, 우린 그날 지키지 못할 약속을 하나 했다.
“나중에 이런 곳에서 사는 건 어때?”
“나중에? 언제?”
“모르겠네… 그냥, 나중에.”
“그래, 좋아~ 이런 곳에 찻집 차려서 예쁘게 꾸미고 사는 거지!”
“…근데 장사는 될까?”
“에잇, 몰라! 꿈꾸는 건 무료니까!”

이후로도 우린 여행을 하며 다양한 도시와 숙소에 머물며
우리를 실험대 위에 올렸다.
도시도 살아보고, 시골도 살아보며 우리에게 맞는 삶의 방식을 찾으려 했다.

그리고 결정을 해야 할 땐 단점은 잠시 접어두고,
장점만 바라보며 그곳에서 살아보자고 했다.

하지만, 아직도 모르겠다.
이건 이것대로 좋고, 저건 저것대로 좋으니까.

이 여행이 끝날 무렵,
우리의 마음은
얼마나 넓어져 있을까.

“나중에 이런 곳에서 사는 건 어때?”
“나중에? 언제?”
“모르겠네… 그냥, 나중에.”

여행과 삶

우리의 여행과 삶에는 계획표가 없다.
그래서 불안하고, 그래서 벅차다.
어디로 가는지도 모르고 걷는 길,
그 막막함 속에서야 비로소
삶과 여행이 얼마나 닮았는지 깨닫는다.

한 걸음 한 걸음 신중할 필요는 없지만,
길 위에서 마주한 찰나의 선택들이
결국 우리의 여행을 만든다.

앞으로 우리는
무엇을 택하고,
무엇을 흘려보내며 살아가게 될까.

마르딘 소녀 이야기

정체 모를 한 여학생이 우리에게 다가왔다.
수야에게 "예쁘다."며 함께 밥을 먹자고 하던,
예쁘장하지만 어딘가 불안한 눈빛을 가진 소녀였다.
우리는 그녀와 함께 식사를 하고,
카페에 가서 이야기를 나누고, 연락처도 주고받았다.
짧지만 따뜻한 인연이라 믿었고,
그녀가 외로워 보여 더 마음이 갔다.

그날은 튀르키예 남동부, 시리아 국경과 가까운
빛바랜 흙빛 도시 마르딘(Mardin)에서 있었던 일이다.

인류 문명이 태동한 메소포타미아 지역에 속한 이곳은
유서 깊은 도시지만,
지금의 마르딘에는 또 다른 현실이 덧씌워져 있었다.
2011년 시리아 내전 이후,
수백만 명의 난민이 국경을 넘어
마르딘, 샨르우르파, 가지안테프 등
튀르키예 남부 도시로 흘러들었다.
튀르키예 사람들에게 그들은 반가운 손님이 아니었다.
그래서 마르딘은 '위험한 도시'라는 별명이 붙었고,
대한민국 외교부에서도 철수 권고 지역으로 지정된 곳이었다.
여행 중에도 싸움이 나거나 문제가 생기면

“시리아 사람들 때문이야.”
그런 이야기가 자주 들려왔다.

“저 사람들은 튀르키예 사람이 아니야.”
튀르키예 사람들은 해명이라도 하듯, 꼭 그렇게 말을 덧붙였다.

“저, 돈이 필요해요.”
마르딘 소녀는 대뜸 수야에게 돈을 요구했다.
이유는 학교 등록금이 부족하다는 것이었다.
큰돈은 아니었지만,
우리는 그 말이 사실이 아닐 수도 있다는 생각이 스쳤다.
혹시 정말 필요한 돈이라면
도울 방법을 찾을 수도 있을 것 같았다.
그래서 현금을 건네기보다 이렇게 물었다.
“우리가 학교에 직접 납부할 수 있을까?”
그러자 그녀는 단호하게 말했다.
“아니요. 당장 제 계좌로 보내주세요. 제가 낼 거예요.”
하루 동안 함께 웃고 대화했던 정이 있었기에
쉽게 외면할 수 없었다.

우리는 부모님을 직접 만나보고 싶다고 했고,
다른 도움 방법도 제안했지만 그녀는 연신 계좌 이체만 요구했다.
그 도시를 떠난 뒤에도 그녀의 연락은 계속됐다.
“입금했어요? 언제 해줘요?”
하루에도 몇 번씩, 뻔뻔하리만치 반복되는 메시지.

우리가 만났던 해맑은 미소는 가면이었을지도 모른다고 생각했다.
그녀의 말투는 점점 거칠어졌고,
그 태도는 수야에게 적잖은 상처로 남았다.

"수야, 그냥… 차단하자."

결국 수야는 그녀의 번호를 차단했다.
함께 웃으며 찍은 영상도 조용히 삭제했다.
그 이야기를 유튜브 영상으로 만들 자신이 없었다.
그걸 영상으로 만드는 건, 어른으로서 해서는 안 되는 일 같았다.

무엇이 그 소녀를 그렇게 만들었을까.
도대체 어디까지가 그녀의 진심이었을까.
정말 학교에 가기 위한 돈이 필요했던 건 아닐까.
그리고 우리는 왜, 끝내 그녀를 믿지 못했을까.

그 소녀는 수야에게 장미가 수놓인 예쁜 모자를 선물했지만,
수야는 차마 그 모자를 쓰지 못했다.
한참을 들고 다니다가 결국 조용히 내려놓았다.

마르딘은, 그 도시의 흙빛 풍경처럼
우리에게도 어딘가 쓸쓸한 기억으로 남아 있다.

우리는 왜,
끝내 그녀를
믿지 못했을까.

우리가 희망이라니

우리 부부가 유튜버 '쑈따리'라는 이름으로 살아온
지난 3년의 여정 속에는 좌절도, 기적 같은 순간도 있었다.
3년간의 여행을 마치고 한국으로 돌아온 어느 날의 일이다.
서울의 한 거리에서,
덩치가 제법 있는 30대 남성이 멀리서 우리를 빤히 바라보고 있었다.

수야가 임신 중이기도 했기에
나는 일단 방어적인 자세로 물었다.
"무슨 일 있으세요?"

그러자 금방이라도 울 것 같은 얼굴을 한
그가 떨리는 목소리로 말했다.
"쑈… 쑈따리… 맞죠?"
아하하, 우리 구독자님이었다.

"아! 안녕하세요. 혹시 저희 영상 봐주시는 거예요?"
"네… 구독자입니다. 감사합니다…"

다짜고짜 감사하다는 말부터 꺼내는 그분과 악수를 나누고,
사진도 함께 찍었다.
"저희 영상 늘 봐주셔서 정말 감사드려요."

그 말을 전하자,
덩치에 어울리지 않게 그의 눈시울이 붉어졌다.
"두 분 영상 보는 게… 제 인생의 낙이에요.
늘 기다리면서 봐요. 진심으로… 감사합니다."

우리가 인사를 하고 돌아서려는 순간,
그가 마지막으로 외쳤다.
"우서 님, 수야 님은… 저의 희망입니다! 파이팅!"

…아.

희망이라니.
우리가, 누군가의.

시간은 다시 3년 전, 튀르키예의 어느 도시로 돌아간다.
유튜브를 시작한 지 두 달째.
우린 벌써 20편이 넘는 여행 영상을 올렸지만,
반응은 생각보다도 조용했다.
갑작스러운 성장을 기대한 건 아니었다.
다만 서서히라도 나아가길 바랐지만,
조회수와 구독자 증가 속도는 점점 더뎌졌고,
오히려 사람들에게 잊혀져 간다는 느낌을 지울 수 없었다.

"뭐가 문제지? 우리가 뭘 잘못하고 있는 걸까?"

"우리 눈엔 재밌는데, 사람들은 재미없나 봐…"
"영상 퀄리티? 업로드 시간? 제목? 섬네일?"

지금 돌아보면, 하나부터 열까지 다 미숙했다.
그때의 우리는 모든 게 처음이었고,
기준도, 데이터도 없었다.
유튜브가 어렵다는 건 알고 있었지만,
문제가 뭔지조차 모르니 개선할 실마리도 잡히지 않았다.

그게 가장 답답했다.
"이대로면 유튜브를 포기하는 게 낫지 않을까?
그냥 촬영이고 편집이고 다 내려놓고 여행만 할까?"

하지만 그럴 수는 없었다.
시금 이 순간에도
우리 영상을 기다려 주는 사람들이 있었기 때문이다.
작은 채널이지만, 언젠가는 잘될 거라 믿으며 진심으로 응원해 주시는
몇 안 되는 소중한 구독자들.
그분들이 아니었다면,
아마 '쏘따리'는 이미 멈췄을지도 모른다.

나는 고민의 끝자락에서 다시 연극을 떠올렸다.
선생님들이 입에 침이 마르도록 강조하셨던 말, '진정성'.

"기교보다 중요한 건 진정성이다.

진심은 결국 사람의 마음을 움직인다.”

그래, 유튜브도 결국 ‘사람’을 만나는 일이라면
기술보다 먼저 필요한 건 진심 아닐까.
우리는 자존심을 내려놓은 자리에
‘우리의 이야기를 있는 그대로’ 담기로 했다.
그렇게 탄생한 영상이
‘전 재산 털어서 신혼여행 떠난 부부의 여행 일상’이었다.

그러자 놀라운 일이 일어났다.
처음으로 유튜브 알고리즘이 우리 영상을 세상에 보여준 것이다.
그리고 그 ‘기회’는
사람들이 우리가 누구인지 알아보는 문이 되었다.
우리가 진심을 담자,
사람들도 진심으로 반응했다.
댓글이 달리고, 구독자가 늘고,
화면 너머의 사람들이 비로소 ‘우리’를 보기 시작했다.

그때 우리는 알았다.
사람의 마음을 얻는 일은
기술보다 먼저, 선택의 문제라는 것을.

세상에는 다양한 유튜버들이 있다.
진심을 다해 영상을 만드는 이들도 있지만,
자극적인 소재로 치장하여 양심을 속이거나,

조회수를 위해 타인을 소비하거나,
진실이 아닌 거짓으로 성공을 빠르게 거머쥐는 이들도 있었다.
그런 방식을 몰라서 택하지 않은 건 아니었다.
우린 단지, 거짓 없이 오래가는 길을 택했을 뿐이다.
비록 더디더라도,
편법보다 진심을 담는 사람이 되고 싶었다.

언젠가 태어날 우리 아이에게
우리의 영상을 보여줄 수 있어야 했으니까.
'거짓말하는 엄마 아빠'는,
죽기보다 싫었으니까.
그건 수많은 길 중
우리가 택한 단 하나의 길이었고,
지금도 그 길 위를 조심스레 걷고 있다.

이제 돌이켜 보면, 분명하다.
사람들은 우리가 잘났을 때 봐준 게 아니었다.
완벽해 보일 때도, 기교가 넘칠 때도 아니었다.
우리가 우리 자신을 내려놓았을 때,
우리가 부끄러움을 감수하고 진심을 드러냈을 때,
비로소 사람들은 우리를 보기 시작했다.

그리고 언젠가,
우리 아이에게 이렇게 말해줄 수 있을 것이다.
"엄마 아빠는, 거짓 없이 세상에 자신을 내보였단다.

그리고 그렇게, 누군가의 희망이 되었단다."

마지막으로 꼭 이 책의 힘을 빌려 전하고 싶다.

그때도, 지금도,
우리를 버티게 해준 힘은—
묵묵히 기다려 주시고
응원해 주신 당신 덕분이었다는 걸.

진심으로 감사합니다.

시간부자

튀르키예의 바닷가 마을 칼칸(Kalkan)에서 한 달 살기를 시작했다.
창밖 풍경이 여느 때처럼 달라지지 않는,
한 달의 시간.

하루하루가 느리게 흐른다.
여기서 오롯이 느낄 수 있는 건
별빛, 달빛, 비, 바람, 햇살.
그리고…
새벽부터 잠을 깨우는, 망할 놈의 닭.

부자가 된 것 같다.
시간 부자.

한 달 살기가 이렇게 좋은 거였나.
몇 년간 고생해 온 우리에게 이건 분명,
선물 같은 시간이었다.
'시간을 어떻게 쓸까'보다는
그냥 흘려보내며 지내기로 했다.
시간의 부유함을 만끽하자.

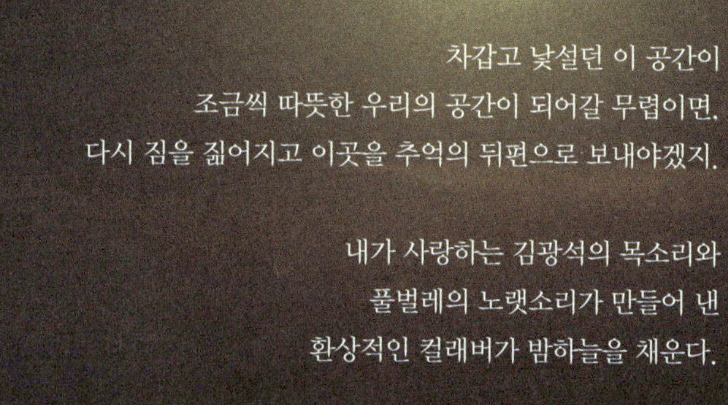

차갑고 낯설던 이 공간이
조금씩 따뜻한 우리의 공간이 되어갈 무렵이면,
다시 짐을 짊어지고 이곳을 추억의 뒤편으로 보내야겠지.

내가 사랑하는 김광석의 목소리와
풀벌레의 노랫소리가 만들어 낸
환상적인 컬래버가 밤하늘을 채운다.

"김광석이 죽지 않았다면, 레전드로 남았을까?"
"……"

별빛, 달빛, 비,
바람, 햇살.
그리고…

Egypt

이집트,

편견과
실체

"미세먼지 속에 가려진
세상의 본모습 같은 곳이 아니었을까."

누구나 한 번쯤 여행을 꿈꾸는 고대 문명의 땅, 이집트.
그중에서도 룩소르는 장대한 신전과 파라오의 무덤이 늘어선,
역사와 신비로움의 도시다.
하지만 내게는 살아 있는 박물관이 아니라
살아 있는 고통이었다.

"아악! 짜증 나!"
"저리 가시라니까요!"
"아나, 미치겠네 진짜…"

세계여행을 시작하고 처음으로 화를 낸 나라가 바로 이집트였다.
아내와 함께 여행을 하다 보면,
자연스럽게 보호자이자 남편으로서
늘 긴장의 끈을 놓을 수 없다.
혼자 다닐 때도 위험한 순간엔 긴장하기 마련인데,
지켜야 할 사람이 곁에 있다면 그 무게가 몇 배는 더해진다.
치안이 안정적인 나라라면 괜찮겠지만,
이렇게 노골적으로 위험한 분위기는 난생처음이었다.

이집트를 다녀온 한 한국인 여행자가

“다시는 내 조국을 헬조선이라고 부르지 않겠다.”
라고 했다는 우스갯소리가 괜히 생긴 게 아니었다.
그만큼, 혼란과 분노를 경험하기엔
이보다 더 좋은(?) 나라도 없었다.

정신을 잃을 것 같은 더위는 기본 베이스.
수많은 호객꾼과 그 사이 숨어 있는 사기꾼들이
끊임없이 말을 걸어왔다.
“싫어요.”
“안 산다고요.”
단호히 거절을 해도,
배려심이라곤 없는 그들의 행동에 점점 화가 났다.
심지어 길을 걷는데,
택시가 마치 우릴 치어버릴 듯
차 앞머리를 밀고 들어오기도 했다.

“니하오! 니하오!”
조롱하듯 말을 타고 20분 넘게 따라오는 사람,
‘칭챙총’ 같은 소리를 내며 놀리는 아이들.
급기야 돌멩이까지 던졌다.
나도 모르게 화가 폭발해 욕을 하며 아이들을 쫓았다.
하지만 애들은 겁을 먹기는커녕 킬킬거리며 도망갔다.
그때 내 뒷모습을 누군가 봤다면,
마치 따돌림당하는 덩치 큰 아이 같았을지도 모르겠다.
그나마 위로가 되는 건,

로마 시대 기록에도
로마 군인들이 이집트에서
호객과 사기를 당했다는 내용이 있다는 사실이다.
웃을 일은 아니지만, 실소가 나오는 역사다.
그래서 나도 이대로 당하고만 있진 않기로 했다.
호객꾼들이 알아들을 리 없는 말로
'육군복무신조'나 '애국가'를 읊는 유치한 복수를 했는데,
그때만큼 속이 후련했던 적도 없었다.

이집트를 여행하면서 나는 생각했다.
이 사람들을 이렇게 만든 게 도대체 뭘까.
돈, 굶주림, 분노, 적대감, 질투.
그런 단어들로 그들을 한 덩어리로 묶어버리고 있었다.
그런데 꼭 그럴 때면,
어디선가 멋지고 젠틀한 이집션이 나타나
너무나 자연스럽게 우리에게 친절을 베풀었다.
'그래, 역시 사람마다 다른 거야…'

마음속으로 고개를 끄덕이는 순간—
"니하오~"

또다시 다가오는 누군가.
하, 또 시작이구나.
실망했다가, 감동받았다가,
짜증 내고, 웃고, 미안해지기를 반복했다.

그 와중에 수야는 평온해 보였다.
제어할 수 없는 감정의 파도 속에서 허우적대는
나와는 정반대로 미소를 띠고 있었다.
너무 황당해서 물었다.

"수야, 화 안 나?"
"화 나."
"근데 왜 웃어?"
"웃어야 행복해지니까. 웃어, 오빠."

기가 막혀서, 뭐 이런 사람이 다 있나 싶었다.
그런데 이상하게,
나도 웃어보니 기분이 조금은 나아지는 것 같았다.
같은 장소, 같은 시간에 같은 여행을 하고 있는데
외부 자극에 반응하는 방식이 이렇게 다르다는 게 신기했다.
누가 이집트를 더 잘 여행하고 있는 걸까.

그렇게 수야와의 대화 속에서
나는 조금씩, 아주 조금씩,
마음에 작은 틈이 생기기 시작했다.

며칠의 혼란 끝에
나도 마음을 조금 내려놓고 그들을 이해해 보기로 했다.
그리고 그들에게 먼저 말을 걸어보기로 했다.
"저기요, 니하오 아니에요. 우린 한국 사람이에요."

(Hey, Nihao no, no. we are Korean)

"오! 코리안?"

(Oh! Korean?)

"응, 맞아. 우린 한국 사람이야!"

(Yes, that's right. We are Korean!)

"이집트에 온 걸 정말 환영해! 니하오! 니하오!"

(Welcome to Egypt! Nihao! Nihao!)

그때 알았다.

'니하오'는 그들에게

아시아인에게 건네는 환영의 인사였을 뿐,

비하의 의도는 전혀 없었다는 걸.

결국 차별과 오해를 만든 건, 내 마음이었다.

그래서 우리는 결심했다.

이집션들에게 한국 인사를 알려주기로.

"아저씨, 니하오가 아니라요, 안.녕.하.세.요!"

"니하오~ 니하오~"

"아니, 안녕하세요!"

"니하오~ 니하오~"

…포기.

이집트를 오랜 시간 동안 여행하며

우리는 '편견'과 '일반화'라는 단어에 눈을 뜨기 시작했다.

수많은 이집트인들과 대화를 나누며 알게 되었다.

결국 그들도 우리와 크게 다르지 않았다.
관광객을 상대로 사기를 일삼는 이들을
이집트인들조차 싫어했다.

그리고 그들도
가장으로서의 무게, 아이를 사랑하는 마음,
신에게 기대는 나약함,
나라를 사랑하는 마음을 품고 있었다.

모두 같았다.

오히려 그런 소수의 호객꾼을
이집트인 전체로 오해했던 우리가 부끄러워졌다.

'어물전 망신은 꼴뚜기가 시킨다'

나는 대한민국의 대표 꼴뚜기가 되지 않아야겠다.

"웃어야 행복해지니까.
웃어, 오빠."

Egypt　　　•　　Luxor

수야를 보며 놀라운 점 1

놀랍게도, 수야의 선택엔 '후회'가 없다.

울퉁불퉁한 길을 골라도
"그래도 여기로 오길 잘했다, 그치?"라며 웃고,
들어간 식당이 괜히 마음에 들지 않아도
"아까 그 집 갔으면 더 별로였을걸?"이라고 말한다.

어떤 선택이든, 결국 '좋은 선택'으로 만들어 버리는 사람.
그러니 세상 두려울 게 없는 천하무적이다.

불평 대신 웃음을,
후회 대신 지금 이 순간을 사랑하는 마음을 선택한다.

그리고 수야는,
자신의 인생에서 나를 선택한 것도 최고의 선택이었다고 말한다.
그 말이 참 고맙다.
그 말이 오래도록 진심일 수 있도록—

나는 오늘도,
조금 더 좋은 사람이 되어야겠다.

바닷속에서

물이 무릎까지만 와도 벌벌 떨던 수야가
몸통보다 큰 공기통을 메고
바다 깊숙이 천천히 가라앉는다.
수심 30m 아래, 빛조차 희미해지는 곳까지—

첫 스쿠버 다이빙 수업 날.
바들바들 떨며 옷을 갈아입던 수야의 손끝을 보며
나도 모르게 마음이 조여왔다.
그런데,
수압 탓에 얼굴에 코피가 번진 그 순간에도
수야는 웃있다.
얼굴에 번진 새빨간 피를
한 치의 망설임도 없이 바닷물에 흘려보내며,
"괜찮아!" 하며 고개를 끄덕였다.

수야는 여행을 통해
자기 안의 두려움을 하나씩 넘어가고 있었다.

홍해의 투명한 바닷속
햇살은 수면 위에서 유리 조각처럼 부서지고,
그 빛 사이를 자유롭게 유영하는 수야를 멀찍이 바라보며,

우리가 처음 만난 날부터 지금까지
함께 걸어온 시간들이
물속에서 주마등처럼 흘러갔다.

고통과 행복이 엉켜 있던 시간들.
그 모든 순간마다 나의 손을 꼭 붙잡고
도전하고, 이뤄내고, 나아갔던 아내.
참 대견하고, 자랑스럽다.

지금은 마치
우리가 '무한히 행복해지는 법'을 터득한 것 같지만,
분명한 착각일 테고.

다시 또
작은 행복을 찾아 헤매는
고생스러운 모험을 떠나야겠지.
우리 부부에게 남은 생이 얼마나 될지는 모르겠지만—
그 끝엔
우리가 함께 멋지게 이겨낸 이야기들로만
가득했으면 좋겠다.

"수야, 다음엔 무엇을 무서워하고,
또 무엇을 함께 이겨내 볼까?"

또 무엇을 함께 이겨내 볼까?

삶의 지혜

이집트 다합에서 만난 찰스 형님은 우리의 룸메이트였다.
형님이라 부르지만, 사실 부모님보다도 나이가 많은
72살의 할아버지다.
술자리에서 취기에
"형님이라고 부르겠습니다."
한마디 했다가, 정말 형님이 되어버렸다.

오랜 세월 배낭여행을 이어온 형님은
우리에게 많은 비법을 전수해 주셨다.
그중 가장 기억에 남는 건
'비행기 경유'에 대한 철학이었다.
형님은 언제나 직항보다 가장 저렴한 티켓을 끓였다.
"직항은 50만 원, 경유 10시간은 30만 원이면
무조건 30만 원짜리지."

내가 조심스레 물었다.
"10시간 경유하면 너무 힘들지 않으세요?"

형님은 호탕하게 웃으며 말했다.
"티켓을 20만 원 싸게 샀잖아."
"그래도 10시간은 좀…"

"자네, 10시간에 20만 원 벌 수 있어?"
"…못 벌죠."
"그럼 공항에서 가만히 앉아 20만 원 벌면 되지.
직항을 왜 타?"

아니, 이런 삶의 지혜가!
공항 대기 알바라니. 그것도 시급 2만 원!

우린 무엇이든 될 수 있고,
아무것도 되지 않아도 괜찮다.

다만,
세상을 아름답게 보는 마음만은
잃지 않기를.

그 끝엔
우리가 함께 멋지게
이겨낸 이야기들로만
가득했으면 좋겠다.

캡틴

수야의 웃음소리를 듣고 있으면
바람이 불어도, 파도가 쳐도
우린 여전히 정상 항해 중인 것만 같다.

수야에게 웃음이 사라지지 않는 한,
우리의 삶은 잘 흘러가고 있을지도 모른다.

그 웃음을 잃지 않게 하기 위해
내가 할 수 있는 일은 무엇이든 하자.
그리고 반드시 해내자.

나는,
우리 가족의 캡틴이니까.

사람의 색(色)

홍해를 품은 이집트의 한적한 해안 마을, 다합(Dahab).
다이버들의 천국이자, 배낭여행자들의 무덤이라 불리는 곳이다.
그곳엔 한국인이 운영하는 게스트하우스가 여럿 있었고,
함께 밥을 해 먹으며 가족처럼 지내는 분위기가 인상 깊었다.

내가 느낀 다합에는,
한국에서 이미 사라졌다고 착각했던
'정'과 '계산 없는 우정'이 살아 있었다.
복잡한 사회 속 모든 규칙이
이곳에서는 마치 존재하지 않는 것 같았다.
그곳에서는 나이도, 직업도, 이름도 내려놓고
그저 '사람'이 될 수 있었다.
각기 다른 지역과 사연을 안고 떠나온 사람들이,
이곳에서는 이유 없이 하나가 되었다.

기타를 치며 〈붉은 노을〉을 노래하고,
바다에서 수영하며 낄낄대며, 싸구려 맥주에 취해 밤새 울었다.
내가 언제, 일흔이 넘은 어르신께
"형님!"이라 부르며 그렇게 편하게 지낸 적이 있었던가.
그래서 우리에게 다합은
단순한 여행지가 아닌, '사람'이었다.

따뜻한 온기와 눈빛이 오가는 동안,
우리 마음속 상처들도 조용히 아물어 갔다.

다합의 첫인상은 무채색이었지만,
우리와 함께한 사람들 덕분에
형형색색의 빛으로 수놓아졌다.

결국 다합은
우리에게 단 하나뿐인 '다합'이 되었다.

다합은 어쩌면,
미세먼지 속에 가려진
세상의 본모습 같은 곳이 아니었을까.

광대의 눈물

입국신고서를 작성하는데, 직업란(Occupation)을 보고 잠시 멈칫했다.
'뭐라고 적어야 하지?'

결국 수줍게 Actor라고 적으며 스스로가 꽤 멋지다고 생각했다.
그런데 나는 정말 배우일까?

20대의 거의 모든 시간을 배우가 되기 위해 쏟아부었다.
돌이켜 보면 나름의 성과도 있었다.
유명한 연극제에서 연기상을 받았고,
대한민국에서 가장 이름난 극단의 무대에도 올랐다.
그런데도, 정작 나는 스스로를 배우라 부르는 데 망설였다.

그 이유는 여러 가지가 있다.
'배우'라는 단어가 지닌 숭고함 앞에서의 겸손일 수도 있고,
세상의 시선과 편견에 대한 의식 때문일 수도 있다.
그래서 나에게 '배우'라는 말은 쉽게 내뱉기엔 너무 무거웠고,
사회는 아직 그 단어를 내게 완전히 허락하지 않은 듯했다.

어디 가서 "무슨 일 하세요?"라는 질문을 받으면
나는 "연극배우예요."라고 대답한다.
대부분의 반응은 비슷하다.
눈을 동그랗게 뜨며 "와, 멋진 일 하시네요!"라고 감탄한다.

거기서 끝나면 좋겠지만 꼭 덧붙이는 말이 따라온다.
"언제 TV에서 볼 수 있어요?"
"사인 좀 해주세요, 나중에 유명해지면 붙여두게요!"
"유명해지면 나 모른 척하지 마요~"

물론 그 말들이 가진 호의를 모르는 건 아니지만,
그럴수록 지금의 내가 하는 예술이 부정당하는 느낌을 지울 수 없었다.

사람들은 대부분 자신의 기준으로 세상을 본다.
그래서 '배우'는 '유명한 배우'여야만 가치 있다고 여긴다.
어떤 사람은 악의 없이 이렇게 묻기도 했다.
"배우가 뜨지 못하면, 시간 낭비하는 거 아니에요?"

사실 배우로서 세상에 이름을 알리는 일은,
'성공한 직업'을 얻는 것보다 훨씬 어렵다.
그럼에도 '뜨지 못한 배우'들은
자신의 인생을 녹여가며 묵묵히 버틴다.
언젠가 기적의 주인공이 될 거라는 믿음 하나로.
그들은 끊임없이 준비하고, 노력하고, 자신을 다듬는다.
내 주변에도 그런 사람이 수백 명이나 있다.
나 역시 '뜨지 못한 배우'지만,
단 한 번도 그것이 시간 낭비라고 생각한 적은 없다.
배우마다 연기를 하는 이유는 다르겠지만,
단지 유명해지고 싶어서 무대에 오르는 사람은 거의 없다.

우리는 밤낮없이 준비하고, 피땀을 흘려 만든 무대를 통해
누군가에게 감동과 웃음을 전한다.
그 속에서 우리는 직업인으로서의 자부심과 만족을 얻는다.

관객이 1,000명이든 1명이든,
무대 위의 연기는 언제나 같다.

그래서 '유명하지 않으면 가치가 없다'는 세상의 시선은 늘 속상하다.

직업의 사전적 의미는
'생계를 유지하기 위하여 자신의 적성과 능력에 따라
일정한 기간 동안 계속하여 종사하는 일'이다.

그렇다면 배우가 '직업'이 되려면 세 가지 조건이 필요하다.
생계를 위한 활동일 것,
적성과 능력에 기반할 것,
일정 기간 지속될 것.

그러나 연극배우의 현실에서
이 세 가지 균형은 거의 무너져 있다.
내가 대학로에서 공연하던 시절,
한 여자 후배와 나눈 대화가 떠오른다.
공연을 마치고 뒤풀이 자리에서 페이 이야기가 나왔다.

"뭐? 얼마 받는다고?"

“저번 달엔 50만 원, 이번 달은 공연이 많아서 60만 원 받았어요.”

90만 원을 받던 선배는 놀랐지만,
후배는 해맑게 웃으며 말했다.
“공연장 오는 차비 쓰면 남는 게 없어요.”

그게 바로 연극배우의 현실이었다.
물론 모든 배우가 그런 것은 아니다.
경력이나 능력에 따라 페이도 천차만별이고,
좋은 조건에서 일하는 사람도 있다.
하지만 대부분의 배우가 생활고를 겪는다.
공연만으로 생계를 이어가기는 쉽지 않다.
우리는 무대 위에서는 배우지만,
직업으로서의 경계는 늘 불분명했다.

꿈을 좇는 직업이다 보니,
‘열정페이’라는 말을 너무 당연하게 받아들이고,
가난하게 쌓아가는 경력이 언젠가 빛날 거라는 믿음 하나로 버텼다.
그러나 그렇게 해서라도
무대에 계속 설 수 있다는 보장도 없다.

연극배우에게는 대부분 ‘정직원’이라는 개념이 없다.
한 작품이 끝나면 다시 오디션을 보고,
붙으면 몇 주간 연습을 거친 뒤에야 수입이 생긴다.
오디션부터 연습까지

두세 달, 길게는 넉 달 이상 수입 없이 버텨야 한다.
결국 사전적 정의 속 '일정한 기간 계속 종사하는 일'은
애초부터 성립하기 어렵다.
배우의 길은 적성과 능력을 기반으로 시작되지만,
그것만으로 성공을 장담할 수 없다.
운과 환경, 타이밍이라는
설명할 수 없는 변수들이 반드시 따라야 한다.

내 주변에는 대중적으로 크게 성공한 선배와 친구들이 있다.
그들의 노력과 실력은 존중받아 마땅하다.
하지만 외모나 실력이 크게 다르지 않아도
여전히 무대 뒤편에 머물러 있는 사람들 또한 셀 수 없이 많다.

나는 20대 때 『아프니까 청춘이다』의 한 구절을 믿었다.
"꽃은 저마다 피는 계절이 다르다."
언젠가 나에게도 꽃이 피는 계절이 올 거라고 믿었다.
하지만 시간이 지나며 문득 이런 질문이 떠올랐다.

'그럼, 끝내 피지 못한 꽃은?'
'시들어 버린 꽃은?'

혼자가 아니라 가정을 꾸릴 시기가 되자,
나는 내 꽃망울을 의심하기 시작했다.
가장으로서, 그리고 언젠가 아버지가 될 사람으로서,
'피지 못할 수도 있는 꽃'에

내 인생과 가족의 삶을 모두 걸 수 없었다.
내가 연극을 그만둔 건,
연극이 싫어졌기 때문이 아니었다.

단지,
시간이 지나도 피지 않을 수 있다는 그 조심스러운 의심이
처음으로 내 마음속에 자라나기 시작했기 때문이다.

연극 활동을 잠시 멈추며 하나는 다짐했다.
언젠가 선배가 된다면,
후배들이 생계 걱정 없이,
적성과 능력을 바탕으로
오래 무대에 설 수 있는 연극계를 만들겠다고.
그 다짐은 지금도 내 안에서 자라고 있다.

그렇게 연극을 그만두고 새로운 길을 찾던 우리에게
유튜브는 또 하나의 무대가 되어주었다.
형태는 달랐지만, 본질은 비슷했다.
무대 위든 화면 속이든,
우리는 여전히 누군가의 삶에 웃음을 주고,
때로는 눈물을 전하고 있었다.
관객이 존재하고 감정이 오가는 그 순간,
우리는 분명 다시 배우였다.
무엇보다,
우리가 연극에서 느꼈던 직업적 만족감을

유튜브에서도 느낄 수 있었다.

그래서 나는 종종 유튜브를 연극에 비유한다.
세계가 무대가 되고, 우리가 주인공이 되는 대본 없는 드라마.
그 안에서 감동과 재미를 주는 일이
생계가 된다는 건 내게 다시 없는 행운이었다.

물론, 유튜브를 통해 생계를 유지하는 것도 중요하다.
하지만 무엇보다 오래 지속할 수 있는 환경,
그리고 직업으로서의 가치와 진심을 지키는 것이 더 중요했다.
"개 버릇 남 못 준다."는 말처럼,
우리는 유튜브를 돈을 버는 수단으로만 여길 수 없었다.
그래서 마음가짐이 달라졌다.
단순히 '성공한 유튜버'가 되는 것보다,
이 일을 직업으로서 가치 있게
오래 지속하는 데 초점을 맞췄다.

그랬더니 마음이 한결 편안해졌다.
그리고 어느 순간부터, 우리는 사명감을 갖게 되었다.
시청자에게 정보와 즐거움,
감동을 전하는 것이 우리의 역할이라 생각했고,
댓글을 통해 우리가 누군가의 삶에
위로와 용기를 전하고 있음을 느꼈다.
그런 피드백은 때로 밥을 먹지 않아도
배부르게 느껴질 만큼 큰 힘이 되었다.

지금도 우리는 유튜버로서의 꽃망울을 조심스레 두드리며 살아간다.
현실과 이상의 사이에서 흔들리면서도
가족을 위해서, 아이를 위해서,
이상보다는 책임감으로, 현실에 조용히 순응하며 살아가고 있다.

그 속에서도 처음의 진심만은
놓치지 않으려 애쓰는 중이다.

이 세상에서는 불가능할지도 모르지만,
저 먼 우주의 어딘가,
지구와 닮은 행성에서는―

눈물이 그려진 광대의 모습이 아닌
편한 몸과 마음으로 웃음을 전할 수 있는
광대가 무대에 서 있기를 바라본다.

Europe

유럽,

결핍과 낭만

유럽행을 앞두고, 우리는 통장 잔고를 들여다보며
단둘이 조촐한 가족회의를 열었다.
여섯 달 동안 저렴한 나라들을 지나며 간신히 지켜낸 잔고였지만,
유럽의 칼 든 강도 같은 물가 앞에서는
금방이라도 사라질 듯 위태로워 보였다.

"유럽만 잘 버티면, 다음은 인도랑 동남아니까 가능하지 않을까?"
"그래. 한 달에 500만 원, 그 이상은 절대 안 돼."

그 순간부터 우리의 여행은
마치 하나의 생존 게임처럼 변했다.
쇼핑이니 술은 당연히 사치.
남은 건 단 세 가지, '생존 빅3'—숙소비, 교통비, 식비.
우리는 이 빅3마저도 아끼기 위해 머리를 맞대고 규칙을 세웠다.

숙소비:
도시에선 도미토리 이상은 검색조차 금지한다.
캠핑장을 적극 활용하고, 텐트에서 숙박한다.
안전이 보장된다면 노숙도 감수한다.

교통비:
택시는 쳐다보지도 않는다.

도시 내 이동은 대중교통만 이용한다.
도시 간 이동은 기차 · 버스를 원칙으로 하며,
비행기는 최후의 수단으로만 허용한다.

식사비:
외식은 가능한 한 배제한다.
마트에서 장을 보고 직접 요리한다.
이동 중 끼니는 직접 만든 샌드위치 도시락으로 해결한다.

어디에도 붙여두지 않았지만,
두 사람의 머릿속에는 똑같이 각인된 불문율.
그 규칙들 덕분에 우리의 첫 번째 유럽여행은 조금 특별했다.
공항 바닥에서 배낭을 베고 웅크린 채 밤을 지새운 새벽,
숲속 텐트 안에서 쏟아지는 빗소리를 들으며
노트북으로 보던 영화 〈맘마미아!〉,
히치하이크로 낯선 이의 차를 타고 국경을 넘던 길.
유럽의 마트는 금세 우리 손바닥 안이 되었고,
샌드위치 도시락의 맛은 날이 갈수록 깊어졌다.
그리고 무엇보다
우리 부부는 위기를 극복하며,
조금씩 더 단단해지는 것을 느낄 수 있었다.

누군가에겐 생고생일지 몰라도,
우리에게는 분명 뜨거운 낭만이었다.

다시는 돌아오지 않을 젊은 날.
조금은 무모했고, 그래서 더 반짝였던 그 시간.
우리에게 '가난한 여행'은
젊은 날에만 누릴 수 있는 특권이었다.

그리고 그 특권은,
유럽 땅에 발을 내딛는 순간부터 시험대에 올랐다.
"저희는 유럽에 방금 도착했는데요…
문제가 생겼습니다."

시작부터 공항을 잘못 체크하는 바람에
택시비로 12만 원을 지출하고야 말았다.

우리의 생애 첫 유럽여행지는 체코 프라하였다.

보통의 여행자라면 낭만의 상징인 카를교나 프라하성을 찾아

사진을 찍고 만끽했겠지만, 정말 우습게도

유럽에 도착해 우리가 가장 먼저 찾은 건 '돼지고기'였다.

이슬람 국가였던 튀르키예와 이집트에서는

넉 달 동안 돼지고기를 구경조차 할 수 없었으니,

정육 코너에서 고기를 보자마자 어깨가 절로 들썩였다.

종교적인 이유로 이 맛있는 걸 평생 모르고 산다는 게 안타까울 지경이었지만,

문득 튀르키예에서 만났던 퉁퉁이 꼬마와의 대화가 떠올랐다.

그 꼬마의 표정을 보면 그들이 돼지고기를

어떻게 생각하는지 단박에 알 수 있었으니까.

"난 한국 사람이야."

"그럼 아저씨는 무슬림이 아니에요?"

"응."

(미간을 찌푸리며) "그럼… 돼지고기를 먹어요?"

"당연하지! 삼겹살이 얼마나 맛있는데!"

(토하는 시늉을 하며) "우웩!"

그 이후로도 그 꼬마는 우릴 볼 때마다 혐오스러운 표정으로 인사를 했다.

마치 우리가 '지렁이를 구워 먹는 부족'이라도 보는 듯한 눈빛이었다.

종교적인 문제만 없다면, 딱 한 번만 삼겹살 맛집에 데려가

한 쌈 먹여보고 싶었다. 다시는 그런 표정을 못 지을 텐데.

이처럼 같은 지구 안에서도 우리는 서로 '다른' 사람들과 함께 살아가고 있다.
문화도, 종교도, 생김새도 다르다.
그런데 그 다름을 존중하지 않고 퉁퉁이 꼬마처럼
'틀림'이라고 규정하는 순간 갈등이 생긴다.
인류 역사가 그랬듯, 다름을 인정하지 않아 서로를 죽이고 피를 흘려왔으니까.

그건 우리 부부 사이에서도 마찬가지다.
"딸기 너무 맛있겠다!"

마트에서 돌아오는 길, 길가에 진열된 새빨간 딸기를 보고 수야가 외쳤다.
우리의 규칙에 따르면 딸기는 '명백한 사치'였다.
나는 과일을 좋아하지 않고,
빈대로 수야는 내가 좋아하는 소시지를 즐기지 않는다.
하지만 입맛이 다르다고 해서
좋아하는 것을 못 사게 한다면 반드시 사달이 날 터였다.
우리는 서로의 다름을 위해 기꺼이 지갑을 열기로 했다.

숙소 주방에 돌아와 돼지고기를 굽고 고추장찌개를 끓였다.
4개월 만에 먹는 돼지고기는 말로 표현하기 힘들 만큼 감격스러웠다.
그런데 한창 식사를 하던 중,
옆 조리대에서 요리하던 한 아주머니가 눈에 들어왔다.
어깨를 잔뜩 움츠린 채, 최소한의 재료로 많은 양의 음식을 만들고 있었다.
잠시 이야기를 나눠보니 그녀는 우크라이나에서 온 전쟁 난민이었다.

우린 문득 숙연해졌다.
따뜻한 집을 떠나 낯선 호스텔 주방에서
끼니를 잇고 있는 모습이 마음에 걸렸다.
우리가 먹고 있는 이 진수성찬이 어쩐지 미안하게 느껴졌다.
그때 수야가 말했다.

"딸기 드릴까?"
"…수야, 괜찮아?"
"우린 언제든 먹을 수 있잖아."

수야는 망설임 없이 딸기 한 박스를 아주머니에게 건넸다.
그러자 유난히 지쳐 보이던 아주머니 얼굴에 미소가 번졌고,
그녀는 수야를 꼭 안아주었다.
그 순간 딸기는 더 이상 사치품이 아니었다.
아주머니에게 건넨 그 상자에는,
수야가 가진 것 중 가장 귀한 마음이 담겨 있었다.
우리는 역사책과 영화로 전쟁을 배웠다.
하지만 그들에게 전쟁은 지금 밥을 먹고 숨을 쉬는 현실이었다.
국가 지도자들의 이기심, 다름을 인정하지 않는 마음이
결국 평범한 이들의 일상까지 무너뜨리고 있었다.

그날 저녁, 우리 식탁 위의 돼지고기와 딸기는
단순한 배낭여행자의 기쁨이 아니었다.
다시는 당연하지 않을 수 있는 것들.
잃고 나서야 비로소 알게 되는 소중함이었다.

못 가도 괜찮고,
안 가도 괜찮아.
하물며, 여기 머물러도 괜찮아.

하지만 마음이 움직인다면—
망설이지 말고, 가보자.

다시는
당연하지 않을 수
있는 것들.

Praha

Czech Republic

유 럽

독일 뮌헨 버스터미널.
어떤 힘든 일에도 웃음을 잃지 않던 수야의 눈가에
결국 눈물이 맺혔다.

밤 11시 정각,
우린 뮌헨에서 크로아티아 자그레브로 향하는
야간버스를 타야 했다.
그러나 버스는 오지 않았다.
아무런 연락도, 안내도 없이.
만약 취소 메시지라도 받았다면
숙소를 잡거나 다른 버스를 알아봤을 것이다.
하지만 어떤 대책도 마련되지 않은 채,
버스는 끝내 나타나지 않았다.

30분이 지나도, 1시간이 지나도
버스는 오지 않았다.
자정이 넘도록 버스가 오지 않자
답답함이 서서히 분노로 바뀌기 시작했다.
선진국이라 불리는 독일에서 이런 일이 벌어지다니.
아직도 믿기지 않는다.

버스회사 고객센터는 평소에도 닿기 어려웠고,
그 시간엔 전화가 연결될 리 없었다.
지푸라기라도 잡는 심정으로 메일을 보냈지만
제대로 된 주소인지조차 확인되지 않았다.
우리는 그저
추운 야외 터미널에서 하염없이 기다릴 수밖에 없었다.
혹시나 버스가 올지도 모른다는
희미한 희망 하나로.

밤은 깊어지고, 기온은 점점 떨어졌다.
침낭을 꺼내 몸을 감싸고, 있는 옷을 전부 껴입었다.
정말 얼어붙을 수도 있겠다는 생각이 스쳤다.
결국 돈으로 해결해야 한다는 결론에 도달했고,
수야는 급히 항공편과 숙소를 검색했다.

"수야, 얼마야?"
"비행기 1인 180만 원, 숙소는 53만 원."
나는 침낭 지퍼를 끝까지 올려 잠갔다.

그 순간 수야의 눈이 글썽이더니 볼을 타고 눈물이 흘렀다.
남편으로서 아무것도 해줄 수 없다는 무력감이
한꺼번에 밀려왔다.
연애부터 지금까지
쉽게 눈물을 보이지 않던 수야이기에
그 모습은 더욱 충격적이었다.

나는 남편으로서 어떤 존재인가—
부끄러움이 밀려왔다.
그리고 이어진 한마디가
가슴 깊숙이 파고들었다.

"아빠한테 전화해 볼까?"

그 말은
정말로 도움을 요청하겠다는 뜻은 아니었을 것이다.
하지만 그 한마디는 내가 비워둔 자리를 명확히 드러냈다.
결혼 후 처음으로,
남편으로서 제자리를 지키지 못했다는 사실이
뼈아프게 다가왔다.

나는 장인어른을 한 사람의 남자로서,
그리고 한 가정의 가장으로서 존경한다.
화목한 가정을 지켜온 것도 대단하지만,
말과 행동에서 묻어나는 무게가 늘 큰 산처럼 느껴졌다.
그런 아버지는
수야에게 언제나 든든한 버팀목이었다.
결혼식 날, 장인어른께 수야의 손을 건네받으며 다짐했다.
이제부터는 내가 수야를 지켜주는
든든한 산이 되겠다고.
하지만 그날 밤, 나는 잠시 그 자리를 비워둔 듯했다.

새벽 3시가 넘도록 버스는 오지 않았다.
더는 버틸 수 없었다.
이곳에 남아 있다가는 정말 위험할 수도 있었다.
사실 돈이면 모든 걸 해결할 수 있었다.
하지만 단돈 몇 유로도 아까워서 못 쓰던 우리에게
그 돈은 더욱 크게 느껴졌다.
"수야, 짐 들고 어디로든 걸어보자.
걷다 보면 텐트 칠 곳을 찾을 수도 있을 거야."

'20kg 배낭을 메고 걸으면 춥진 않겠지'
그 말은 차마 입 밖으로 꺼내지 못했다.

우린 배낭을 다시 짊어지고 어둠 속으로 걸음을 옮겼다.
한참을 걸은 끝에 희미하게 잔디밭이 눈에 들어왔다.
공원 같았다. 적어도 자다가 차에 밟히진 않을 것 같았다.
조금은 안심이 됐다.
하지만 또 다른 걱정이 밀려왔다.
'텐트를 치면 경찰이 오지 않을까?
아무리 치안이 좋은 독일이라지만,
여행자를 노린 강도가 들이닥치진 않을까?'

그때,
거짓말처럼 50m쯤 떨어진 곳에
작은 텐트 하나가 보였다.
누군가 이미 그곳에서 자고 있었다.

이렇게 든든할 수가.
그 모습은 우리에게
이곳에서 자도 된다는 보증처럼 느껴졌다.
우린 재빠르게 텐트를 설치했다.
안으로 들어가자 서로의 호흡이 작은 불씨가 되어
공기가 금세 따뜻해졌다.

아침이 밝았다.
다행히 아무 일도 없었고, 잠도 잘 잤다.
우리는 버스회사에 강하게 항의하고 싶었지만,
영어로 가능한 선에서 환불만 받을 수 있었다.
억울했지만 받아들일 수밖에 없었다.
결국 29시간이 넘는 시간을 들여 크로아티아에 도착했다.

"아빠한테 전화해 볼까?"
그 말은 아직도 내 귓가에 선명하다.
앞으로는
아내에게 장인어른보다 더 든든한 산이 되리라 다짐했다.
그리고 나도 언젠가 그런 아버지가 되어야겠다.

Germany
Munich
Zagreb
Croatia
유 럽

수야를 보며 놀라운 점 2

수야는 원래도 잠이 많은 사람이지만,
기차나 버스, 비행기만 타면
꼭 주문이라도 걸린 듯 잠에 빠져든다.
마치 마취라도 한 것처럼, 스르륵—
그러곤 조용히 꿈을 꾼다.
그 꿈속에서, 수야는 어디쯤을 여행하고 있을까.

나는 옆에서 그 모습을 바라보다가
슬그머니 손끝으로 잠든 볼을 건드려 본다.
미안하고, 고맙고, 괜히 코끝이 시큰해진다.

창밖으로 흘러가는 풍경을 따라
나도 조금 먼 생각을 한다.
아직 오지 않은 시간들.
그 속에서 우리는 어떤 모습일까.
문득, 내 안에 숨어 있던 걱정과 불안이 고개를 든다.

그 미래에도,
수야는 늘 이렇게 평화롭게 잠들어 있기를.

버스가 또 고장이다.
세상에, 이런 일이 다 있나.

우리가 운이 나쁘다고 생각했지만,
이렇게 연달아 고장이 나는 건
이제 우리의 문제가 아닌 것 같다.
무려 3시간이나 정차해서 바퀴를 고쳤다.
그 시간에도 수야는 참 잘 잔다.

나는 밖으로 나가 바람을 쐬며
하늘의 별을 바라봤다. 문득 이런 생각이 들었다.
떠난 지 벌써 6개월이 훌쩍 넘었다.
요즘 들어 자꾸 의문이 든다.
'떠나온 게 잘한 걸까?'
잘 살고 있었는데, 괜히
삶의 긴 길에 큰 구멍을 낸 건 아닐까.
수야에게 미안하기도 하고, 또 고맙기도 하고…
이런 생각들이 혹시
여행의 즐거움을 갉아먹는 건 아닐까 싶었다.

다행히 고쳐진 버스는 환호성과 함께 다시 출발했고,
곧 아침이 밝았다.

오전 6시 30분 도착.

유럽 발칸의 작은 나라, 몬테네그로.

'몬테(Monte)'는 산, '네그로(Negro)'는 검은이라는 뜻.

즉, '검은 산의 나라'다.

검은 산의 나라에 왔는데 산을 안 가볼 수는 없지.

우리는 곧장 북부의 자블라크(Zabljak)로 향했다.

터미널 근처 식당이 오전 7시부터 연다고 해서

10시 버스를 예약하고 그 식당으로 향했다.

수야가 구글 리뷰를 보며 신나게 말했다.

"여기 평점 되게 좋아!"

나는 고개를 저었다.

기대는 곧 실망으로 이어지기 마련이다.

식당에 들어가 음식을 주문하고,

콘센트라는 콘센트는 다 이용해 모든 전자기기를 충전했다.

조금 진상처럼 보일 정도로

전기선이 사방에 얽혀 있었지만,

커다란 배낭을 본 사장님은 묵묵히 미소로 이해해 주셨다.

음식이 나왔는데,

어마어마한 양의 고기가 쌓여 있었다.

아침부터 고기라니, 배보다 마음이 무거워 거의 다 남겼다.

포장을 부탁하며 엄지를 치켜세웠다.

그리고 모닝 맥주 한 캔으로 충전 완료!

자블라크행 버스에 올랐다.

정말 신기하게도, 버스가 또 고장이 났다.

하지만 이번엔 20분 만에 고쳐져서 그냥 웃음이 나왔다.

몬테네그로는 산으로 뒤덮인 나라답게 풍경이 정말 아름다웠다.

가는 길이 고불고불 2시간 반이었지만,

산을 보는 재미에 금세 도착했다.

원래는 캠핑장을 이용하려 했지만,

2박 동안 거의 잠을 못 잔 터라

가족회의 끝에 에어비앤비를 예약했다.

침대 외에는 걸어 다니기도 힘들 만큼 좁은 방이었지만,

나름 아늑했고 필요한 건 다 있었다.

단, 암막 커튼만 빼고.

오후 3시쯤 체크인해 씻고 간단히 요기 후 잠시 누웠는데,

눈을 떠보니 밤 11시였다.

저녁도 거른 채 다시 잠들었다.

다음 날 아침, 우리는 트레킹을 떠났다.

원래 7시에 출발하려 했지만 늦잠을 자서 8시에 출발했다.

그래도 뭐, 어쩌겠나.

물도 사고, 빵도 사고,

간식거리를 잔뜩 챙겨서 출발했다.

길을 걷다 수야가 갑자기 사색이 되었다.

"똥 마려워…"

그녀는 산속으로 전력 질주하더니

자연 속에서 볼일을 해결했다.

긴 여행을 하다 보면,

이렇게 자연과 하나 되는 아내를 볼 수도 있다.
하하하.

우린 눈앞에 펼쳐진 산의 이름조차 몰랐다.
그 흔한 안내책자도 없었다.
그저 "이 산이 그렇게 좋다더라."는 말만 믿고
무턱대고 오르기로 했다.
"힘들면 내려오면 되지, 뭐."
그렇게 오르기 시작했다.
경사가 80도에 가까운 절벽.
밧줄 하나 없이 손으로 바위를 짚으며 기어올랐다.
여기서 몇 번이고 '정말 죽을 수도 있겠다'는 생각이 스쳤다.
나중에 알고 보니, 그 산에서 가장 어려운 코스였다.
정상에 도착해 바라본 풍경은
살면서 본 것 중 가장 아름다웠다.
문제는 그 이후였다.
싸 온 빵을 먹고 내려가려는데, 내려가는 길이 더 위험했다.
거의 돌멩이가 잔뜩 깔린 미끄럼틀 같았다.
조심조심 내려오다가 발을 헛디뎌 그대로 미끄러졌다.
손을 짚는 과정에서 네 번째 손가락이 꺾이는 느낌이 났다.
단순한 통증이 아니라는 걸 직감했다.
앞으로 남은 여정과 영상 편집을 생각하니 착잡했다.
내가 다치면 모든 일정에 큰 영향을 줄 게 뻔했다.
손은 점점 부어올랐다.
한국에 돌아가 치료를 받아야 하나,

걱정이 밀려왔다.

산에서 내려오자마자 약국으로 달려갔다.
"부목(Plaster) 있어요?"
약사는 웃으며 말했다.
"아이스크림! 아이스크림!"
아이스크림을 사서
그 스틱을 부목으로 쓰라는 뜻 같았다.
ㅋㅋㅋ
결국 아이스크림을 사 먹고 피자를 사 들고 숙소로 돌아왔다.
"그래, 오늘은 피자로 마무리하자."

그렇게 또 힘겨운 하루가 지나갔다.
앞으로 우리의 여행은 어떻게 될까.

에효…
뭐, 어떻게든 되겠지.

영어 Travel(여행)의 어원은
라틴어 Travail(고행)이다.

고통과 불편함이 뒤섞인 길 위에서,
어쩌면 우린—
여행을 잘 해내고 있는 것이 아닐까?

앞으로
우리의 여행은
어떻게 될까.

유 럽

어머니의 정원

보스니아 헤르체고비나.

'유럽의 화약고'라 불리는 발칸 반도의 작은 나라.

우리는 사라예보(Sarajevo)라는 도시에 도착했다.

잠시 쉬어가며 편집을 하기 위해 일주일간 머물기로 했다.

숙소를 고르던 중, 눈에 띄는 이름이 있었다.

'어머니의 정원(Mother's Garden)'

가격도 저렴했지만, 그 이름이 묘하게 마음을 끌었다.

우리는 주저 없이 예약했다.

호스트가 버스터미널에서 직접 우리를 픽업해 주었다.

그녀가 안내한 숙소는 반시하였다.

어둡고 눅눅했고, 마치 창고에 갇힌 듯 답답했다.

잠시 실망이 밀려왔다.

하지만 삐걱거리는 문을 열고 밖으로 나오자

작은 정원이 펼쳐졌다.

햇빛이 스며드는 그곳은 너무나 평화로웠다.

호스트와 이야기를 나누던 중

그 정원이 그녀의 어머니가 살아 계실 때

가장 사랑하던 공간이었다는 이야기를 들었다.

어머니가 세상을 떠난 뒤에도

그녀는 정원을 지키고 싶어 이렇게 가꾸고 있다고 했다.
그리고 우리가 머물고 있는 방은,
그녀의 부모님이 신혼 초부터 함께 살았던 공간이라는 설명을 들었다.

순간,
숙소를 창고처럼 생각했던 마음이 미안해졌다.
정원에 핀 꽃들이 그저 평범한 식물이 아니라,
한 송이 한 송이마다 여인의 손길이 배어 있다는 걸 깨달았다.
어머니가 매일 그곳을 오가며
흙을 만지고 꽃잎을 쓰다듬고
미소 지었을 모습을 상상했다.
그 이후로 정원은
낡은 숙소의 결핍을 덮어주는 따뜻한 위로가 되었다.

며칠 뒤, 그날은 수야의 생일이었다.
'똑똑똑'

이른 아침, 예상치 못한 노크 소리에 문을 열자
백발의 할아버지가 서 있었다. 호스트의 아버지였다.
그는 투박한 손에 장미 한 송이를 들고 있었다.
그리고 수줍은 미소와 함께 수야를 바라보며 말했다.
"Happy birthday."

우리가 호스트와의 대화 중 흘린 말을 기억하고 계셨던 것이다.
그 순간의 할아버지는

낡은 옷차림과 굽은 허리에도 불구하고
누구보다 멋진 신사였다.
장미꽃을 건네는 그의 손끝은 조금 떨렸지만,
그 눈빛만큼은 젊은 시절 그대로 반짝였다.

나는, 영화의 한 장면처럼 그의 젊은 날을 상상했다.
정장을 차려입고 사랑하는 여인을 향해 꽃을 내밀던
의젓하고 부드러운 젠틀맨의 모습.
그 시절 그의 곁에는
아마도 지금은 하늘에 계신 할머니가 있었을 것이다.
그 두 사람이 함께 걸었을 계절들이
눈앞에 스쳐 갔다.
전쟁의 그림자가 드리운 보스니아의 세월 속에서도
서로에게 장미꽃을 건네며
사랑을 지켜온 날들.
아이들을 키우며 정원을 가꾸고,
사소한 날들 속에서도 웃음을 나누었을 세월.

수야는 장미꽃을 꼭 끌어안으며
"최고의 생일 선물이에요."라고 할아버지께 말했다.

여행을 마치고 돌아온 뒤,
우리는 할아버지가 세상을 떠나셨다는 소식을 들었다.
먹먹한 마음과 함께 문득 그날 아침이 떠올랐다.
투박한 손길, 떨리는 장미꽃, 반짝이던 눈빛.

아마 지금쯤,
할아버지는 하늘에서 할머니를 다시 만났을 것이다.
그리고 그때처럼, 아니 그보다 더 환하게 웃으며
할머니에게 장미 한 송이를 내밀며
"사랑한다."고 말하지 않으셨을까.

이렇게,
삶은 짧지만 사랑은 오래 남는다.

글을 쓰는 지금도
사라예보의 작은 정원의 향기가
코끝을 스치는 듯하다.

하늘나라에서는
두 분의 사랑이 영원히 함께이길 바란다.

"최고의
생일 선물이에요."

유 럽

행복 속에서 '행운'을 찾기보다는,
행복 속에서 빛나는 나를 찾는 시간—

여행.

나는 카메라 셔터를 누를 때마다
어느새 미소 짓는 버릇이 생겼다.

자그마한 직사각형 프레임 안의 세상을
사랑하는 마음으로 바라보려 한다.

이찌면 니는,
내 사진과 영상 속에
내가 바라본 사랑을 담으려는지도 모른다.

"수야, 여기 봐봐!"

술판이 벌어졌다.
크로아티아의 작은 호스텔 주방.
우연히 모인 세계 각국의 여행자들과 우리는
금세 친구가 되었다.
처음엔 각자 마시다가 대화를 나누다 보니 어느새 한자리에 모여 있었다.
10명 남짓한 사람들이
각자의 여행 이야기를 주고받으며 웃었다.
하지만 술병이 쌓이자, 이야기의 주제는 국경을 넘었다.

그 자리에서는 나를 사이에 두고
영국인과 프랑스인이 남북관계에 대해 열띤 토론을 벌였고,
가슴 아픈 이별을 겪고 긴 여행을 떠나온
수염 덥수룩한 독일인 친구는
잔을 부여잡고 눈물을 흘리며 말했다.
"난 그 여자친구를 사랑한 게 아니라,
그 여자친구를 만나는 내 모습을 사랑했던 것 같아."

이집트에서 혼자 여행 온 머리 희끗희끗한 형님은
구석에서 하늘을 올려다보며 혼잣말을 하셨다.
"나이가 중요한 게 아니야.
사랑에는 나이가 중요하지 않아, 아가씨."

술에 잔뜩 취한 나는,
취한 영국인 친구를 붙잡고 물었다.
"Can you speak Korean?"
"No."
"Why?! 왜 못 해, 왜 왜 왜!!"

저쪽 테이블에서는
아일랜드에서 온 친구들이 한국 욕을 하고 있었다.
"Ssi bal!"
"Ssssi~ bal!"
그것도 놀라울 정도로 정확한 발음이었다.
수야가 옆에서 낄낄대고 있는 걸로 봐선,
수야가 알려준 게 분명하다.

중구난방으로 시끌벅적하던 그때, 한 친구가 제안했다.
"우리 자기가 가장 사랑하는 뮤지션의 노래를
한 곡씩 소개하면 어때?"
사람들은 환호했다.
블루투스 스피커에 연결된 휴대폰이 순서대로 돌아갔다.
롤링 스톤스, 마이클 잭슨,
프레디 머큐리, 비틀즈, 에드 시런—
세계적인 뮤지션들의 노래가 호스텔 주방을 가득 채웠다.

드디어 내 차례가 되었다.
유명한 해외 가수들의 이름이 떠올랐지만,

왠지 그날은
내가 진심으로 아끼는 가수를 소개하고 싶었다.
그의 음악을 찾아, 응원하는 마음으로 플레이 버튼을 눌렀다.

그의 음악이 흘러나오자,
놀랍게도 웃고 떠들던 사람들이 잔을 내려놓고
조용히 그의 목소리를 들었다.

"한국 가수야?"
"그렇지."
"누구야?"
"김광석."
"목소리가 정말 아름답다."
"그는 죽었어.
이제 더 이상 그의 목소리를 들을 수 없어."

그때 그들의 눈에 비친 안타까움이
돌아올 수 없는 곳에 있는 그에게 전달됐으면 한다.

이름도 모를 친구들과의 이야기가
밤하늘의 새까만 어둠을 몰아내고,
새로운 하루의 시작을 알리는 닭 울음소리가
우리가 마신 빈 병을 채울 때,

그 순간이 영원히 그리워질 거라는 걸

조금이나마 알고 있었을까.
이젠 얼굴도 기억나지 않는 친구들과 인사조차 없이 이별했다.
하지만 괜찮았다.

"우리가 그들에게
 좋은 기억으로 남았다면,
 그걸로 충분해."

WE
A R A
G

인도,

혼돈과 가치관

웰컴 투 인디아

사람들은 종종 다른 이의 이야기나 경험담만 듣고
대상을 맹목적으로 판단하곤 한다.
나쁜 소문이 자자한 사람을 만나면
단점만 보이거나 경계하며 관계를 시작하고,
반대로 맛집이라 소문난 곳에 가면
실제보다 훨씬 더 맛있게 느끼기도 한다.

우리도 인도 여행을 앞두고
이미 수많은 사람들의 경험담을 접했다.
그만큼 '인도'를 손쉽게 판단할 수 있을 만큼의 데이터는
충분히 쌓여 있었다.
인도를 오래 여행한 여행자의 생생한 이야기,
여행 서적과 유튜브 영상,
그리고 때때로 들려오는 흉흉한 뉴스.
그 모든 정보는
인도라는 나라를 신비롭고도, 한편으론 두렵게 만들었다.
그런데 이상하게도,
인도를 다녀온 이들의 후기는 언제나 극단적으로 엇갈렸다.
야식을 시키기 전,
치킨 배달 리뷰를 훑어보는 기분이랄까.
1점짜리 악평이 줄줄이 달려 있는가 하면,
음식을 극찬하며 재주문을 다짐하는

जय श्री राम
MH02 N 4165

5점짜리 후기들도 그에 못지않았다.

"난 너무 좋았어!"

촉촉한 눈으로 인도를 그리워하는 사람이 있었고,

"다신 안 가!"

혐오스럽다는 듯 고개를 젓는 사람도 있었다.

또한 여행을 앞둔 이들의 기대 역시 둘로 갈렸다.

"인도 너무 기대돼. 꼭 가보고 싶은 나라야!"

"인도 위험하다던데? 더럽고 혼란스럽대. 난 절대 싫어."

우리는 수많은 1점짜리 경고를 들었지만,

혹시나 5점짜리 후기가 우리의 몫일지도 모른다는 기대를 품었다.

그래서 결국,

인도로 향하는 비행기의 구매 버튼을 눌렀다.

"인도… 정말 괜찮겠어, 수야?"

"재밌을 것 같은데?"

좀 더 솔직히 말하자면, 우리에게 선택지는 없었다.

남은 시간과 경비를 따져보았을 때

인도는 반드시 거쳐야 할 코스였다.

그렇게 우리는 수많은 편견을 짊어진 채

무거운 마음으로 인도 여행을 시작했다.

결론부터 말하자면, 우리는 인도 전역을 누볐다.

세계여행자라면 누구나 간다는 중부 인도,

목숨을 잃을 수도 있었던 위험한 북인도,

그리고 '여기가 인도 맞아?' 싶을 만큼 발전된 남인도까지.

총 두 차례, 5개월간의 여정이었다.
그리고 우리가 내린 결론은 단 한 문장.
"난 너무 좋았어! 하지만 다신 안 가!"
이 애증이 담긴 한마디가
인도를 설명하기에 가장 정확한 표현일 것이다.

하지만 다시 여행을 시작하기 전으로 돌아간다 해도,
나는 주저 없이 인도를 선택할 것이다.
그곳에서 마주한 끝없는 불편과 고통 속에서
우리는 수도 없이 단련되었고,
앞으로의 삶을 버텨낼 거칠지만 수많은,
선명한 힌트들을 얻었기 때문이다.

그렇게 편견과 기대를 한가득 안은 채,
우리의 인도 여행이 시작되었다.
"Welcome to India."

"인도에 도착했습니다!"

우리의 긴 인도·여행은 뭄바이(Mumbai)에서 시작되었다.

뭄바이는 인도의 경제 수도이자, 발리우드 영화 산업의 심장이다.

놀랍게도 이곳에서는 매년 2천 편이 넘는 영화가 제작되고, 관객 수는 연간

30억 명에 이른다.

내가 최고라 믿어온 할리우드를

규모 면에서 훌쩍 넘어서는 셈이었다.

물론 티켓값이 저렴해 수익은 할리우드가 압도적이지만,

적어도 '영화를 만드는 열기'만큼은

뭄바이가 세계 영화계의 진짜 심장이라 할 만했다.

뭄바이 공항에 도착히지,

수야는 발리우드 영화의 유명한 대사를 외쳤다.

"알 이즈 웰(All is well)!"

(영화 〈세 얼간이〉 속 명대사. '모든 게 괜찮다. 다 잘될 거야'라는 뜻이다)

긴장한 탓인지 살짝 상기된 얼굴의 수야를 보며

나는 엉뚱한 상상을 했다.

'뭄바이에서는 영화 촬영장을 꼭 가봐야겠어.

혹시 알아? 유명한 감독 눈에 띄어서 발리우드 스타가 될지.

인도에서는 내 외모가 통할지도 모르잖아?'

물론 실제로 촬영장을 찾아 나섰지만

끝내 정보를 얻지 못해 포기했다.
만약 그때 촬영장을 찾았더라면…
지금쯤 나는 인도의 유명한 배우가 되어 있지 않았을까?
그만, 망상은 여기까지.

공항을 나서자마자 사방에서 툭툭 기사들의 외침이 쏟아졌다.
"Taxi! Taxi!"
"Hey my friend!"
하지만 우리는 이미 이집트에서 단련된 몸이었다.
손흥민이 수비수를 제치듯, 그들 사이를 잽싸게 빠져나왔다.
내가 정신없이 숙소로 가는 로컬 버스를 찾고 있을 때,
수야는 자꾸 "알 이즈 웰!"을 허공에다 외치며
인도와 완벽한 케미를 이루고 있었다.
수야는 어려운 상황일수록
오히려 더 힘이 나는 특이한 초능력을 가지고 있다.
"웰컴 투 인디아!"
"나마스떼!"
"알 이즈 웰!"

이런 말을 반복하는 걸 보니,
어쩌면 스스로 위험을 감지하고
자기 암시를 걸고 있었던 건지도 모르겠다.

이리저리 물어물어 우리는 로컬 버스에 몸을 실었다.
버스 안의 사람들은

남녀노소 할 것 없이 우리를 신기하게 바라봤다.

킥킥 웃는 사람도 있었고, 쑥스러운 듯 미소를 짓는 사람도 있었다.

그 미소는 유럽에서 종종 마주쳤던

우월감 섞인 시선과는 전혀 달랐다.

어딘가 낮은 자세로 건네는,

소박하지만 따뜻한 미소였다.

그 미소가 마음에 들었다.

그때, 나는 이미 인도와 사랑에 빠졌는지도 모른다.

'빵빵, 빵, 빵빵빵빵, 빵, 빵빵빵'

달리는 버스 안에서 눈을 감고 소리에 귀를 기울였다.

거리의 모든 운전자들이

경적을 울리며 하나의 오케스트라를 이루고 있었다.

그 소리에는 빈틈이 없었다.

3초의 고요조차 허락되지 않았다.

그런데 이상하게도

그 끝없는 소리가 신경질적으로 들리진 않았다.

묘하게 경쾌했다.

나에게 익숙한 경적과는 전혀 달랐다.

이곳의 경적은 화를 내는 소리가 아니라

서로의 존재를 알리는 신호였다.

"나 여기 있어."

"지나갈게."

"뒤에 있어, 조심해."

안전을 위해 서로의 존재를 확인하기 위한
하나의 언어였다.

입국 후 걱정이 많았던 우리는
숙소에 도착해서야 긴장을 풀 수 있었다.
하지만 막상 닥쳐본 인도의 첫인상은 걱정보다는 훨씬 괜찮았다.
우리가 인도에 대해 가졌던 편견이
오히려 긍정적으로 작용했는지도 모른다.

정말, 알 이즈 웰!

큰 기대가 없었기에 모든 게 오히려 편하게 느껴졌다.
잔돈을 주지 않으려는 툭툭 기사도,
유심을 구입하는 데 2시간이 걸린 것도,
"여긴 인도니까."라는 말 한마디로 넘기니
아무 일도 아닌 듯했다.
워낙 넓은 인도이기에 우리는 두세 달 정도의 여행을 계획했다.
모든 것이 한국과 다르다고 불평만 하다 보면
결국 힘든 건 우리 자신일 게 분명했다.
인도에 온 손님으로서,
그들의 공간을 그들의 눈높이에 맞춰
여행하고 싶었다.

틀림과 다름은 다르다.
평생 '틀리다'고 믿어왔던 것이

사실은 단지 '다른 것'임을 깨닫는 순간,
여행은 훨씬 더 흥미로워진다.
그런 배움을 위해 필요한 건 '열린 마음'뿐이다.
편견을 내려놓고,
그들이 살아온 방식을 존중하고 탐구하려는 자세—
그것이 바로 '알 이즈 웰'의 태도였다.

지구에 태어난 인간으로서
삶을 한 가지 색으로만 그려나가기엔
세상은 너무나 다채롭다.
내 삶을 그려나가는 데 필요한 색연필이
하나둘 늘어날수록
앞으로의 삶에 대한 기대와 자신감도 커졌다.

하지만 그 자신감은 오래가지 못했다.
진짜 인도는 이제부터
우리를 시험하려 하고 있었다.

"여긴 인도니까."

그들이 살아온 방식을 존중하고 탐구하려는 자세—
그것이 바로 '알 이즈 웰'의 태도였다.

한 달에 한 번, 1년에 열두 번.
우리의 여행은 어김없이 위기를 맞았다.
수야가 매달 겪는 '그날' 때문이었다.
생리통이 늘 같은 강도로 찾아오는 건 아니었지만,
수야의 말에 따르면 두 달에 한 번쯤은
몸을 가눌 수 없을 정도의 고통이 찾아온단다.
그럴 때마다 우리는 여행을 멈추고 쉬어야만 했다.

1년에 많아야 여섯 번인 위기의 날.
하필 그날은 혼돈의 도시 뭄바이에서
숙소를 옮겨야 하는 날이었다.
신이 장난이라도 치듯, 하늘에 구멍이 난 듯 비가 쏟아졌다.
체크아웃을 마치고 새 숙소로 향해야 했지만
수야는 거의 정신을 잃을 정도로 고통스러워했다.
나는 수야를 새 숙소 침대에 눕혀야만 했다.
합이 40kg에 육박하는 짐,
몸을 가누지 못하는 아내,
그리고 끝없이 퍼붓는 비.
그럼에도 나는 용감하게 발걸음을 옮겼다.

"수야, 괜찮아?"
그 말을 쉰 번쯤 반복했을 무렵,

예약한 숙소에 도착했다.

하지만 숙소는 하필 엘리베이터가 없는 4층.

지친 몸을 이끌고 계단을 오르려는 순간,

어떤 꾀죄죄한 남자가 다가와 말을 걸었다.

"너, 어느 나라 사람이야?"

"한국 사람이야."

"오, 그렇구나… 혹시… 너…"

"왜?"

"저, 음…"

"빨리 말해줄래?"

"담배 있어?"

"없는데."

"그렇군."

그는 홱 돌아서 사라졌다.

뒤에 대고 뭐라도 외치고 싶었지만, 그냥 참았다.

겨우 도착한 리셉션.

수야를 로비 소파에 눕히고 나는 체크인을 기다렸다.

하지만 직원은 이미 한 유럽인 손님과 언성을 높이고 있었다.

짧은 영어로 실랑이를 벌이는 모습에 그저 상황이 빨리 끝나기만을 바랐다.

잠시 후, 손님은 고함을 지르며 숙소를 박차고 나갔다.

'아이고, 화가 많으시네. 예약을 안 했나 보지…

여기까지 올라오기 힘들었을 텐데 안쓰럽다'

속으로 그렇게 중얼거리며 정중하게 말했다.

"체크인해 주세요."
"체크인 안 돼요."
"저 예약했는데요."
"네, 그래도 안 돼요."
"여기 예약 내역 있어요."
"안 됩니다."

심장이 쿵쾅거렸다.
순간, 방금 전 숙소를 박차고 나간 유럽인과
똑같은 표정을 짓고 있는 나 자신을 발견했다.
"왜! 여기 보라구요, 예약 내역서!"
"외국인은 받을 수 없어요."
"왜! 왜!!! 왜!!!!!!"
절규했지만, 직원은 단호했다.

쓸 수 있는 영어를 다 끌어다 쓰자
배가 고파지는 것 같았다.
소파에 물먹은 미역처럼 축 늘어져 있는 수야를 두고
나는 새로운 숙소를 찾아 툭툭을 불렀다.
낡은 툭툭을 몰며 혼란스러운 뭄바이를 종횡무진하는 기사 아저씨,
내 무릎에 머리를 기대고 사경을 헤매는 수야,
그리고 눈빛만 간신히 살아 있는 나.
세 사람의 모험은 그렇게 시작됐다.

하지만 몇 분도 채 가지 못했다.

누가 봐도 숙소라곤 없을 것 같은
현지인의 생활 구역 한복판에서 툭툭은 멈췄다.
"여기가 어디죠?"
"%$#@^%$@%&%"
알 수 없는 힌디어가 쏟아졌다.
손짓으로 보아,
그는 이 주소를 찾을 수 없으니 여기서 내리라는 뜻 같았다.
그러고는 지금까지의 택시비를 요구했다.
나라의 수도를 버리고 도망가는 왕만큼이나
무책임한 태도였다.

나는 수야를 길가에 앉혀두고 아저씨와 목청을 높여 다퉜다.
사람들이 몰려들었고, 무례한 사람으로 보이고 싶지 않아
몸짓으로 사정을 설명했다.
다행히 구경꾼들이 우리 상황을 안쓰럽게 여긴 듯했다.
결국 아저씨는 택시비를 받지 못한 채 떠났다.

비에 젖은 채 황망하게 거리에 버려진 우리.
정말 어찌할 바를 모르던 그때,
수야는 속을 게워내야 한다며 화장실을 애타게 찾았다.
나는 지푸라기라도 잡는 심정으로
초등학교로 보이는 건물에 다짜고짜 들어갔다.
경비 아저씨는 수야의 상태를 보자마자
어떻게든 도우려 했다.
아이들은 걱정스러운 눈빛으로

쪼그려 앉아 있는 수야를 둘러쌌다.
곧 몇몇 아이들이 선생님을 불러왔고,
다행히 그 선생님은 영어가 가능했다.
상황을 설명하자 선생님은 수야를 학교 안쪽 화장실로 안내했다.
아이들과 선생님은 온 힘을 다해 우리를 도왔다.
말은 통하지 않았지만, 눈빛과 손길은 분명 따뜻했다.

감사하다는 말조차 제대로 전하지 못한 채
우리는 또다시 다른 툭툭을 탔다.
드라마라면 이쯤에서 해피엔딩이었겠지만,
현실은 매정했다.
새로 찾아간 숙소에서도 방이 없었다.
결국 그다음 숙소에 가서야
도미토리 침대 두 자리를 얻을 수 있었다.

삐걱거리는 침대 위에 수야를 눕히고
나는 크게 숨을 내쉬었다.
인도에서의 혹독한 신고식을 치르고 나니
걱정이 밀려왔다.
숙소 하나 옮기는 일이 이렇게까지 힘들 수 있다니.

앞으로의 인도 여행은
과연 어떻게 될까.
남은 여정이 막막했다.

인도 고아(Goa)는 널리 알려진 휴양지이자,
한때 자유로운 히피들의 성지였다.
거리를 걷다 보면
바랜 벽화와 사이키델릭 색감의 예술 작품들이 곳곳에 남아 있었다.
정작 히피들은 보이지 않았지만,
자유로운 공기만은 여전히 고아에 머물러 있었다.

'히피…'
살아오면서 히피에 대해 깊이 생각해 본 적은 없었다.
가끔 영화나 책, 흑백 영상에서 본 그들의 모습이라 해봐야
마약에 찌들고, 온몸에 장신구를 주렁주렁 달고,
방탕한 일탈을 즐기는 젊은이들이었다.
언제부턴가 히피는 '자유'보다는 '무책임'의 상징처럼 여겨졌다.
하지만 알아갈수록
그들이 처음부터 방탕하고 무책임한 세대만은 아니었다.
그들이 추구한 가치를 하나씩 짚어보면
상당히 이상적이었다.

자유와 평화, 전쟁 반대, 예술과 사랑.

어찌 보면 그들은 당시의 낡은 제도와 물질주의에 맞서
몸으로 저항하며 살아낸 혁신적인 세대였다.

물론 그 숭고한 이상은
현실 속에서 마약과 방탕으로 스스로 무너져
결국 낭만의 잔상으로만 남았지만,
그 출발선만큼은 분명 가치 있었다.

그렇다면 왜 그들은
끝내 자신들이 바란 세상을 지켜내지 못했을까.
1960~1970년대,
그렇게 뜨겁게 저항하던 히피들은
도대체 어디로 사라져 버린 걸까.
그들의 움직임은 결국 철없는 젊은 날의 열정이었을 뿐일까.
그 뜨거웠던 젊은이들은 이제 어른이 되어
아이를 낳고, 사회 곳곳에서 살아가고 있다.
하지만 반세기가 훌쩍 지난 지금도
우리는 여전히 전쟁 속에 있고,
사람들은 제도에 순응하며
예술과 사랑보다 물질에 더 쉽게 매료된다.
그들은 왜 결국 타협할 수밖에 없었을까.

'정말 히피는 사라진 걸까?'
이제 더 이상 집단적 히피는 없지만,
세상에는 여전히 전쟁을 반대하고
평화를 바라는 사람들이 존재한다.
피켓을 들지 않아도 부당한 제도와 물질만능주의를 향해
조용히 저항하는 이들도 있다.

유튜브에 넘쳐나는
'퇴사 후 자유를 찾아 떠나요' 같은 영상이 큰 인기를 끄는 걸 보면,
결국 누구나 마음속 깊이 자유를 꿈꾸고 있는 게 아닐까.
히피의 성지였던 도시들—
샌프란시스코, 암스테르담, 이비사, 코팡안, 빠이, 발리 우붓—
그곳들은 여전히 여행자들의 발걸음을 끌어당긴다.

물론 마약과 문란한 성문화는 사회적 외면을 불러와
히피 문화를 몰락시켰다.
그러나 히피는 완전히 사라진 게 아니다.
지금도 우리 삶 곳곳에 다른 모습으로 스며들어 있다.

전쟁이 없는 세계의 평화를 추구하고,
자유와 예술, 사랑이 인간의 본질이라 믿는 사람들.
나 역시 그들과 같은 마음이다.
이제 히피를 특정 세대나 집단의 이름으로 한정하지 않고,
보편적인 가치로 받아들이고 싶다.

언젠가 또 반세기가 흐른 뒤에는
'히피'라는 이름이 없어도
자유와 평화가 당연한 세상이기를.

자유와 평화가
당연한
세상이기를.

인 도

인도 사기꾼을 공략하는 15가지 방법

고아에서 뉴델리로 향하는 기차를 기다리며,
승강장에서 깊은 생각에 잠겼다.
'만약 어떤 외국인 유튜버가 한국에 와서 사람들의 동의도 구하지 않은 채
이곳저곳 카메라를 들이댄다면 어떨까.
한국의 장점은 모조리 **빼놓은** 채,
인종차별적인 태도로 더러운 곳만 찾아다니며
한국은 미개하고 불결한 나라라고 떠들어 댄다면?
그리고 그 모든 이유가 단지 조회수를 올리기 위함이라면?'
그렇게 만들어진 영상이 우리나라에 대한 혐오를 조장하며
수십만 명에게 '웃음거리'로 소비되는 모습을 상상하자,
대한민국 국민으로서의 내 기분은 불쾌함을 넘어 모욕감으로 다가왔다.

며칠 전, 한 인도 시청자가 남긴 댓글이 내 마음을 무겁게 했다.
"한국의 유튜버들은 인도를 비하하기 위해 여행을 오는 것 같습니다.
저는 한국 유튜버들의 영상을 보고,
또 그 밑에 달린 댓글들을 보고 한참을 울었습니다.
인도에는 좋지 않은 면도 있지만, 그렇지 않은 모습도 분명 많습니다.
두 분은 인도의 있는 그대로를 담아주셔서 감사합니다.
더 이상 한국 유튜버들이 인도에 대한 폭력을 멈춰주었으면 좋겠습니다."

승강장을 서성이며 그 사람의 입장에서 계속 생각했다.
'만약 나라면? 만약 한국이라면?'

물론 여행자는 누구나 자신의 주관적인 시선을 가질 수 있고,
여행지에 대한 평가를 할 수도 있다.
안 좋은 것을 좋게 포장할 필요는 없다.
하지만 그게 자신의 이익을 위한 혐오의 연출이 되고,
그로 인해 누군가가 상처받는다면 그건 이미 폭력이다.
사람들은 자극적인 것에 쉽게 끌리고, 진실보다 꾸며낸 거짓에 더 매혹된다.
그래서 그때 당시, '인도를 비하하거나 부정적으로만 바라보는 영상'은
조회수가 폭발적으로 늘어났다.
그리고 나는, 그들이 그 사실을 모를 리 없다고 생각했다.

'내가 할 수 있는 일은 없을까?'
그때부터 내 안의 오만함이 고개를 들었다.
마치 내가 세상을 바꿀 수 있을 거라는 착각.

"오빠 뭐 해?" "영상 기획하는 중이야."
뉴델리로 향하는 기차 안에서
나는 쑈따리 역사상 처음으로 '기획 영상'을 준비하고 있었다.
사기꾼에게 당하는 여행자들이 피해자가 되고 있으니,
'사기를 피하는 방법'을 알려주면 누군가는 같은 피해를 피할 수 있지 않을까.
그리고 많은 사람에게 닿게 하려면
섬네일은 자극적으로, 영상 속 메시지는 단순하고 명료하게.

그 안에는 두 가지 교훈을 담았다.
조금만 조심하면 사기를 피할 수 있다.
사기꾼이 인도인 전체처럼 일반화되어서는 안 된다.

기획은 정확히 들어맞았다.
자극적인 섬네일 덕분에 조회수는 폭발적으로 늘었고,
영상은 빠르게 퍼져나갔다.
하지만 사람들은 정작 우리가 전하려던 메시지에는 관심이 없었다.
'조심하면 사기를 피할 수 있다'는 조언도,
'사기꾼을 인도 전체로 일반화하지 말라'는 당부도 모두 묻혀버렸다.
댓글창은 온통 '인도 사기꾼 이야기'로 가득 찼다.
사람들의 시선은 우리가 전한 진심이 아니라
섬네일의 자극적인 한 단어에 머물러 있었다.

아… 세상을 조금 더 아름답게 만들고 싶다는 마음으로 시작했지만,
결국 또 다른 오해를 키우는 데 일조하고 말았다.
우리는 양극단의 댓글 공격을 동시에 받았다.
어떤 이는 "인도를 미화한다."고 욕했고,
또 어떤 이는 "인도를 욕한다."고 화를 냈다.
결국 내가 바꿀 수 있는 건 아무것도 없었다.
남은 건 묵직한 허무함뿐이었다.
그리고 그 순간, 인도 사람들의 친절한 미소가 유난히 가슴을 아리게 했다.

유튜버이자 여행자로서, 내가 세상을 어떻게 보여주느냐는
누군가의 마음을 상하게도, 또 위로하게도 할 수 있다.

세상을 기록하는 순간마다 책임이 따른다.
그 단순한 진실을 이 사건을 통해 뼈저리게 배웠다.

세상을 기록하는
순간마다
책임이 따른다.

인 도

일체유심조

인도 뉴델리 파하르간지의 한 호스텔.
우린 그저 컵라면이 너무 먹고 싶었다.
물을 끓여야 하는데, 방에는 커피포트가 없었다.

'조식 먹을 때 레스토랑에 커피포트 있었는데…'
수야의 번뜩이는 아이디어로 커피포트 탈환 작전이 시작됐다.
먼저 내가 옥상에 있는 조식 레스토랑으로 향했다.
레스토랑엔 아무도 없었다.
슬쩍 둘러봐선 커피포트가 보이지 않았다.

"커피포트 없던데?"
빈손으로 돌아온 나를 본 수야의 얼굴엔
실망이 그대로 드러났다.
라면을 포기하지 않겠다는 눈빛으로 그녀가 짧게 말했다.
"같이 가보자."

우린 다시 옥상으로 올라갔다.
도둑고양이처럼 발걸음을 죽이며 이곳저곳을 살폈다.
그러다 우리의 시선이 멈춘 곳, 벽 한쪽에 작은 문이 있었다.
"저기가 주방 같은데…"
정황상, 그 안에 포트가 있을 거라

우린 말하지 않아도 확신했다.
나는 앞장서서 천천히 손잡이를 돌리고 문을 열었다.

"으아아악!!!"

그곳에선
손바닥만 한 쥐들이
오붓하게 식사 중이었다.
녀석들도 놀랐는지 그릇을 뒤엎으며 허겁지겁 달아났다.
금속이 부딪치는 딸그락 소리와
내 비명 소리가 공기 속을 울렸다.
결국 커피포트 탈환 작전은 대실패.
우린 라면을 부숴서 그대로 먹었다.

'일체유심조(一切唯心造)'
세상의 괴로움과 기쁨은 결국 마음에서 비롯된다.

지난 3일 동안
아무것도 모르고 맛있게 조식을 먹었는데,
그 사건 이후로는 조식이 목구멍으로 넘어가지 않았다.
원효대사의 해골 물 일화가 떠올랐다.
다음 날, 같은 호스텔에 묵던 외국인 친구들에게 물었다.
"여기 조식 어때?"

그들은 환하게 웃으며, 단호하고 기쁘게 말했다.

"최고야!"

'윽…'
나는 눈을 질끈 감았다.
우리가 겪은 일을 말해야 할까, 숨겨야 할까.
잠시 고민했지만 결국 아무 말도 하지 않았다.

아는 게 힘일까?
아니면, 모르는 게 약일까?

세상의
괴로움과 기쁨은
결국 마음에서
비롯된다.

인 도

가치관의 감옥

장기 여행은 곧 이동의 연속이다.
뉴델리에서 출발해 12시간이면 도착할 거라던 버스는
무려 23시간이 걸려서야 마날리에 닿았다.
하지만 이 길에서는, 그 정도면 오히려 빠른 편이었다.
인도 북부, 히말라야 끝자락에 자리한
여행자들의 낭만의 마을, 마날리(Manali).
이곳으로 향하는 길은 좁고 험하기로 악명 높다.
산사태라도 나면 며칠이고 길 위에 갇히는 게 예사라던데,
역시나 우리가 가던 날에도 산사태가 일어났다.
그럼에도 다행히, 우리는 23시간 만에 도착할 수 있었다.

우리가 인도 북부로 향한 건 단순한 충동이 아니었다.
겨울에는 눈과 눈사태로 길이 통제되고,
오직 5월에서 11월 사이에만 열리는 '열린 시간'.
우리가 여행하던 때가 바로 그 시기였다.
게다가 이집트 다합에서 만난 형님이 한 사람을 소개해 주셨다.
"히말라야산맥 중턱에서 예술을 하며
오랜 시간 도를 닦아온 분이 계신데,
너희도 예술을 하는 사람이니
그분을 만나면 많은 걸 느낄 수 있을 거야."

'히말라야에서 도를 닦는 분이라니…'
우리가 언제 그런 분을 만날 수 있을까.
이 또한 둘도 없는 기회였다.

마날리에 도착한 우리는 그분을 만났다.
자신을 JI(지)라고 불러달라고 했다.
첫인상부터 범상치 않았다.
오래 수련한 사람에게서만 풍기는 고요한 기운,
무엇보다도 눈빛이 깊었다.
JI 형님은 우리가 한국인이라는 이유로
게스트 방 하나를 무료로 내주었고,
머무는 동안 직접 음식을 챙겨주기도 했다.

우린 정말 오랜 시간 이야기를 나눴다.
한번 이야기를 시작하면 앉은 자리에서 5시간이 훌쩍 지나가곤 했다.
사실 대화라기보다 수업에 가까운 시간이었지만,
그 진심이 전해져서인지 묘하게 따뜻했다.
수야는 하품을 하고, 나는 정신이 몽롱해졌지만,
형님의 말은 신기하게 귀에 남았다.

'누군가를 혐오하는 마음은 왜 생기는 걸까?'

그것이 내가 인도를 여행하며 가장 궁금했던 물음이었다.
사람들은 왜 인도의 부정적인 면에는 열광하면서,
긍정적인 모습은 보려 하지 않을까.
직접 경험하지 않고
단편적인 장면만으로 인도를 단정하는 모습이
늘 안타까웠다.
나는 그 이유를 JI 형님께 물었다.
그는 너무도 당연하다는 듯 미소 지으며 말했다.
"그건 고정된 가치관 때문입니다."

JI 형님은 차분히 말을 이어갔다.
"한국은 땅이 좁고 자원이 부족하지요.
그래서 사람 자체가 자산이 됩니다.
공부를 열심히 해야 하고, 세계의 꼭대기에 서야 하며,
무엇이든 빨리 해내야 한다는 관념이
자연스럽게 자리 잡습니다.
우리는 자기도 모르게 그렇게 세팅되어 살아가는 겁니다."
그는 고개를 끄덕이며 말을 이었다.
"하지만 세계여행을 하다 보면 깨닫게 되지요.
내가 절대적이라 믿었던 관점이
사실은 수많은 시선 중 하나에 불과하다는 걸요.
다른 가치관을 마주하면서 고정관념이 조금씩 흔들립니다.
그러나 그 안에만 머물러 있을 때는 결코 보이지 않아요.
반대로 돈보다 시간과 자유를 중시하는
서양의 히피들에게 인도는 천국처럼 다가옵니다."

형님의 말은 계속됐다.

"한국 사람들에게 인도는 흔히 '더럽고 못산다'는 이미지로 다가옵니다.

우리가 중요하게 여겨온 가치와 전혀 다른 세계이기 때문이지요.

문제는 대부분 자신을 의심하지 않는 데 있습니다.

'나는 옳다, 내 관점이 절대적이다,

바꿀 필요가 없다'고 믿는 거예요.

한국에서 살아간다는 건 끊임없는 경쟁 속에 있다는 뜻입니다.

잘 살아야 하고, 남보다 앞서야 한다는 기준이 분명하지요.

그 잣대로 인도를 바라보면, 결국 결핍과 혼란만 보입니다.

하지만 인도는 땅이 넓고 다양하지요.

뭄바이나 뉴델리의 혼란만이 인도의 전부가 아닙니다.

어떤 이에게 인도는 결핍의 나라지만,

또 다른 이에게는 자유의 나라입니다.

차이는 인도에 있는 게 아니라, 우리가 가진 관점에 있는 겁니다."

그의 말을 들으며 깨달았다.

이건 비단 인도만의 이야기가 아니었다.

나는 얼마나 자주, 다른 사람과 사물을

나만의 가치관의 좁은 틀 안에 가두고 판단해 왔던가.

그 깨달음은 내 삶을 더 행복하게 살아가기 위한

큰 힌트가 되었다.

세상이 달라 보였고, 세상을 바라보는 나의 눈이

조금 더 넓어지는 것이 느껴졌다.

내가 믿어온 가치가 절대적인 것이 아님을 알게 되자,

마음은 오히려 가벼워졌다.

잠시나마 해방감을 맛본 듯했다.

하지만 한국에서 그 틀을 벗어나 살아가기란
여간 어려운 일이 아니다.
이 글을 쓰는 지금도 나는 시간에 쫓기고,
돈을 벌기 위해 쉼 없이 달리고 있다.
무의미한 비교를 하고, 시키지도 않은 경쟁에
스스로 뛰어들며 살아간다.
결국 나는 자석에 이끌리듯
다시 그 좁은 틀 안으로 빨려 들어가고 있었다.

그럼에도 단 하나, 마음속에 늘 붙잡고 있는 생각이 있다.

내가 가진 가치가 절대적인 것은 아니라는 사실.
그 깨달음은 내 삶에 한 줄기 빛처럼 스며들어
오늘도 자유를 꿈꾸게 한다.

"차이는
인도에 있는 게 아니라,
우리가 가진 관점에
있는 겁니다."

인 도

Whatever!
놓아버리니, 자유가 왔다.

다시 갈지도

"오빠! 방송국에서 연락 왔어!"

여행 크리에이터가 여행지를 소개하는 프로그램에서
쑈따리 채널과 함께하고 싶다고 연락이 온 것이었다.
나는 늘 여행 프로그램을 보며 상상했다.
'우리도 언젠가 저런 방송에 나올 수 있을까?'
그 상상이 현실이 된 순간이었다.
"우와아아아!"
우린 부둥켜안고 소리를 질렀다.

기쁜 건 단지 TV에 출연한다는 사실 때문이 아니었다.
처음으로 여행 크리에이터로서 공식적으로 인정받은 것 같았다.
그리고 우리가 걷고 있는 길이
틀리지 않았다는 확신이 들었다.

그날의 감정은 지금도 선명하다.
새로운 세상으로 가는 문이 열린 듯,
가슴이 벅차올랐다.

인도의 젊은 대학생 몇 명이 우리에게 다가왔다.
"너희, 유튜버야?"

촬영 중이던 카메라를 힐끗 보며 묻는 그들의 표정엔
호기심 반, 망설임 반의 기색이 섞여 있었다.
"응, 우리 유튜버야. 인도 여행 브이로그를 찍고 있어."

순간, 공기가 달라졌다.
밝던 얼굴에 그림자가 드리워지고, 웃음은 머뭇거림으로 바뀌었다.
그들은 조심스레 물었다.
"인도… 어때?"
짧은 한마디였지만,
우린 그 안에 담긴 무게를 느낄 수 있었다.
마치 이미 대답을 알고 있으면서도,
혹은 준비된 상처를 다시 확인하려는 듯한 질문.
수야가 국을 끓이고 맛이 없다는 걸 스스로 알면서도
"맛이 어때?" 하고 묻던 눈빛과 닮아 있었다.

아마도 그들은
수많은 유튜버들이 인도의 어두운 면만을 보여주는 영상을
이미 많이 보아왔을 것이다.

그 시선이 자신들의 삶을 어떻게 왜곡하는지
너무 잘 알고 있는 사람들.

사실 우리는 여행을 하며
이와 비슷한 질문을 여러 번 받았다.
묻는 방식은 달라도 분위기는 늘 같았다.
조심스럽지만, 절실하게—
"우리를 어떻게 보고 있나요?"라는 질문.

그때마다 우리는 같은 대답을 했다.
그리고 그날도,
아무런 의심이 없을 정도로 환하게 웃으며
진심을 담아 말했다.

"We love India!!"

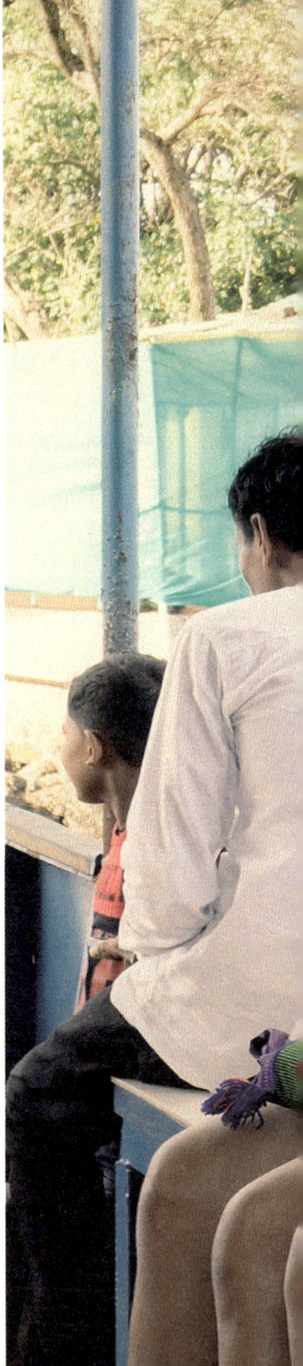

달빛 샤워

밤하늘은 달빛으로 고요히 물들어 있었고,
우리는 깊은 잠 속을 떠돌고 있을 때였다.

"수야… 나 똥 쌌어."

재앙은 순식간에 찾아왔다.
세상은 멈춘 듯 정적에 잠겨 있었지만,
그 고요 속에서 찰나의 실수로
그동안 내가 아내 앞에서 쌓아온 권위와 체면이
산산이 부서지고 있었다.
"뭐라고? 어디에?"
"…바지에… 쌌어, 똥…"

달빛은 냉정한 증인처럼 아무 말 없이 나를 비추었다.
그날 밤, 달은 잔인할 만큼 밝았다.

그로부터 일주일 전.
우리는 인도 북부 라다크 주의 해발 3,500m 도시 레(Leh)에 도착했다.
백두산(2,700m)보다 높은 곳에 사람들이 모여 산다는 사실이 신기했다.
조금만 빨리 걸어도 숨이 차오를 만큼
레는 산소가 희박한 고지대였다.

그래서 이곳을 찾는 여행자들은 반드시 며칠간의 적응 기간을 갖는다.
고산병을 가볍게 여겼다가 도착하자마자 술을 마시며 무리하다
목숨을 잃는 한국 여행자 이야기를 들은 터라
우리도 긴장을 늦추지 않았다.
일주일간 천천히 고산에 몸을 익히며 준비했다.

레는 인도 북부 여행의 중심지이자 수많은 모험의 출발점이다.
다양한 트레킹 코스 중
우리가 선택한 건 가장 유명한 마카 밸리 트레킹(Marka Valley Trek).
차가운 강을 건너고, 해발 5,000m가 넘는 고개를 넘어야 하는
5박 6일의 본격적인 여정이었다.
우리 부부에겐 처음으로 도전하는 '진짜 트레킹'이었다.
처음이라는 사실은 설렘보다 긴장을 더 크게 만들었다.
산소가 부족한 이 혹독한 환경을 과연 끝까지 견딜 수 있을까?
고산병을 이겨내며 완주할 수 있을까?
우린 일주일간 장비를 준비하고 마침내 약속된 그 길 위에 섰다.

어떤 말로도 다 담기지 않는 풍경이었다.
절벽 사이로 걷는데 머리 위로는 믿기지 않을 만큼
파란 하늘이 펼쳐졌다.
마치 게임 속, 인위적으로 꾸며놓은 공간을 걷는 듯했다.
숨이 가빠왔지만, 감탄은 멈출 수 없었다.
"와… 진짜 미쳤다."
"헉헉… 숨이 차서 말이 안 나와…"
이틀 동안은 큰 문제 없이 걸었다.

그러나 3일째, 결국 일이 터졌다.

마카 밸리 길에는 여행자를 위해 마련된 '티텐트(Tea Tent)'가 있다.

그날도 그곳에서 쉬기로 했다.

"뭐 마실래? 콜라? 마운틴듀?"

"나… 마운틴듀 마실까 봐."

3일 차라 자신감이 붙었고,

고산에도 제법 익숙해졌다는 자만이 생겼다.

탄산이 고산병을 악화시킬 수 있다는 걸 알면서도

달콤한 유혹에 넘어가 버렸다.

오래 지나지 않아 복통이 시작됐다.

그토록 파랗던 하늘이 점점 누레지더니 정신이 흐릿해졌다.

수야는 "조금만 더 가면 돼."라며 나를 격려했지만,

복통은 점점 심해져 한 걸음 내딛기도 버거웠다.

결국 구토를 하고 실바닥에 드러누웠다.

걸어갈 수 없는 몸이었지만 마을까지 걸어가는 것 말곤 뾰족한 수가 없었다.

겨우 도착했지만 홈스테이 간판은커녕 사람 그림자도 없었다.

복통은 심해지고 숨쉬기가 힘들어졌다.

'이건 고산병이다'

죽을 수도 있다는 생각이 들었다.

그때 떠올랐다.

라다크어로 '엄마, 아빠'는 한국어와 같다는 사실.

"엄마!!! 아빠!!!"

어릴 때 이후로 그렇게 간절히

엄마, 아빠를 부른 적이 있었을까.
수야와 함께 몇 번이고 외쳤다.
그러자 여기저기서 '엄마, 아빠'들이
우리가 울부짖는 소리에 반응했다.
마을 사람들이 뛰어나와 우리를 도와주었다.
그들은 나를 걱정하며 적극적으로 치료를 도왔다.
자신을 약사라고 소개한 한 여자분은
약을 주며 고산 증세에 대처하는 법을 알려주었다.
약을 먹자 복통은 조금 가라앉았지만,
이번엔 숨이 가빠오고 몸이 떨렸다.
갑자기 숨이 안 쉬어지면서 몸이 바들바들 떨렸는데,
온몸이 산소를 달라고 비명을 지르는 듯했다.
의식적으로 큰 숨을 쉬려 했지만, 그마저도 쉽지 않았다.

약이 돌기 시작하자 조금씩 생각이 돌아왔다.

앞으로 1,500m를 더 올라가야 하는데 이 몸으로 가능할까?
만약 더 올라가서 또 이런다면 어쩌지?
그래도… 가야 하지 않을까?
그 생각을 수야에게 전했지만
수야는 이미 다음 날 레로 돌아가는 택시를 예약해 두었다.
그도 그럴 만했다.
이 마을 이후로는 차가 들어갈 수 없고,
긴급 상황엔 헬기를 불러야 했다.
결국 우리의 첫 도전은 나로 인해 실패로 끝났다.

멋지게 해내고 싶었는데, 정말 속상했다.

그날 이후로 난 마운틴듀를 쳐다보지도 않는다.
그런 마음을 아는지 모르는지
그날 밤 하늘엔 잔인할 만큼 밝은 달이 떠 있었다.
그리고 우린 곤히 잠들었다.
앞서 말했듯, 나는 싸고야 말았다.
다급하게 일어나 수야를 찾았다.
놀란 수야를 두고 본능적으로 홈스테이 밖으로 뛰쳐나갔다.
하지만 놀랍게도 그곳엔 샤워 공간이 없었다.
화장실도 야외에 있었고, 그 흔한 수돗가조차 없었다.
결국 수야가 홈스테이 주인에게 부탁해 딱 한 바가지의 물을 받아왔다.

딱 한 바가지의 물.
아, 난 그동안 얼마나 물을 낭비하며 살아왔는가.
그 한 바가지의 물은 그 모든 걸 해결하기 충분했다.

이상할 정도로 환한 달빛 아래, 나는 홀딱 벗었다.
수야는 '아내로서의 의무'라며
그 물을 조심스레 내 몸에 부었다.
그리고 나는 닦았다.

그렇게
우리는 진정한 가족이 되었다.

그렇게 우리는
진정한
가족이 되었다.

눈이 번쩍 떠졌다. 더는 잠을 잘 수 없다는 걸 스스로 깨닫는다.
창밖은 이미 캄캄했고, 오래된 버스는 부서질 듯
요란한 굉음을 내며 목적지를 향해 꾸역꾸역 달리고 있었다.

'어디쯤 왔으려나…'
휴대폰 지도를 켰지만 신호가 닿지 않았다.
인터넷조차 터지지 않는 오지라는 사실만 확인할 수 있었다.
고개를 돌려 수야를 본다.

'어쩜 저렇게 잘 잘까. 부럽다'
긴 이동이 일상인 배낭여행엔 버스에서 잘 사는 게 큰 능력치다.
자는 모습을 보면 수야는 배낭여행에 타고난 체질 같았다.
나도 자려 뒤척였지만 실패했다.
잠도 못 자고, 휴대폰도 쓸 수 없는 시간.
억지로라도 생각에 잠기기엔 더없이 좋은 상황이었다.

나는 '삶의 이유'에 대해 깊이 생각해 보기로 했다.
가벼운 질문이 아니라, 좀 더 본질적인 이유를 찾고 싶었다.
그래서 늘 끝까지 이어가지 못했던 질문.
내가 살아가는 이유는 무엇일까.

‘삶을 즐기기 위해? 무언가를 이루기 위해? 성취하기 위해?’

그러나 역시 답은 쉽게 나오지 않았다.
그렇다면 내가 삶을 살아가는 이유가 딱히 없거나,
아니면 훨씬 복잡하고 복합적인 것일지도 모른다.
지난 열악한 여행지에서 만난 사람들을 떠올렸다.
‘그들은 무엇 때문에 살아갈까?’

어렵고 힘겨운 삶 속에서도 누군가는 가족을 위해,
또 누군가는 오직 생존을 위해 살아가고 있었다.
그런데 놀라운 건, 그 어려움 속에서도
사람들이 웃음을 잃지 않았다는 사실이다.
신나게 흥얼거리며 낡은 버스를 몰던 기사님,
배를 잡고 웃던 시장 아주머니들….
그래, 어쩌면 삶의 이유는 거창한 목표가 아니라,
그 안에서 피어나는 작은 행복을 느끼기 위해서인지도 모른다.

고단한 삶에서 맞닥뜨린 짧은 웃음,
잠깐의 평화, 스쳐 지나가는 기쁨.
결국 내가 살아가는 이유도 그 순간들을 이어가기 위함 아닐까.
생각의 화살표는 자연스레 ‘행복’에 닿았다.
나 역시 행복하기 위해 일하고 돈을 번다.
그리고 가족의 행복을 위해서도 살아간다.

‘그렇다면 행복…은 뭐지?’

단순한 감정일까, 아니면 우리가 삶을 이어가게 하는 힘일까.

누군가는 명예나 성공을 위해 살지만,

그 끝에서 바라는 것도 결국 행복일 것이다.

어쩌면 모든 이유는 이름만 다를 뿐,

결국 하나로 귀결된다. 행복.

하지만 그것만으로 삶의 이유를 단정하기엔 여전히 모호했다.

행복에는 정답이 없다.

사람마다 다르게 느끼고, 다르게 설명한다.

내게 사소한 기쁨이 누군가에겐 아무 의미 없을 수 있고,

누군가에겐 큰 성취가 내겐 공허할 수도 있다.

그렇다면 내가 생각하는 행복은 무엇일까.

많은 분들이 우리의 영상을 보고 "행복해 보인다."고 말해준다.

여행이라는 특수한 상황이 행복을 불러일으키는 걸까?

그렇다면 질문은 이렇게 바뀐다.

우리는 긴 여행을 하며 행복했을까?

여행을 떠나기 전엔 길 위의 모든 순간이 행복으로 가득할 거라 믿었다.

하지만 막상 부딪쳐 보니 대답은 단순하지 않았다.

'행복하지 않았지만, 분명 행복한 순간들이 있었다'

생각만큼 길 위의 삶은 늘 낭만적이지 않았다.

곰팡이 냄새 나는 숙소에서 뒤척이던 밤,

언어가 통하지 않아 억울하게 손해 보던 날,

예측할 수 없는 변수 때문에 밀려오던 불안…

그런 순간들이 여행의 대부분을 채웠다.

긴 이동처럼, 늘 피곤했다.

그런데 이상하게도,
바로 그 고단함 속에서 가장 선명한 행복이 찾아왔다.
낡은 기차 창으로 스며들던 아침 햇살,
길 위에서 우연히 마주친 따뜻한 친절,
뜨거웠던 하루 끝에 붉게 물든 노을.
거창하지 않았지만,
시간이 지난 지금도 가장 또렷하게 기억나는 장면들이다.

행복은 늘 불시에 스쳐 갔다. 그리고 절대적이지 않았다.
어제의 풍경에 무심했던 내가,
다음 날 똑같은 풍경 앞에서 갑자기 가슴이 벅차올랐다.
누군가에겐 아무렇지 않은 일이,
우리에겐 행복으로 다가오기도 했다.
똑같은 장면도 상황과 마음의 상태에 따라
전혀 다른 의미로 다가왔다.
또, 연속적이지도 않았다.
어제 행복했다고 오늘까지 이어지진 않았다.
불규칙하게 찾아왔고, 불연속적이었기에 더 소중했다.
무엇보다 고통과 대비될 때 더 크게 다가왔다.
긴 이동 끝에 마신 시원한 맥주,
서럽던 순간 뒤에 건네받은 작은 친절—
그때야 비로소 행복이 더욱 선명해졌다.

우리는 여행을 통해 배웠다.
행복은 결과가 아니라 과정 속에서 태어난다는 것을.

만약 우리가 이 여행의 결과만 좇았다면,
여행은 끝없는 고통으로만 남았을 것이다.
하지만 쓴 과정 속에서도
긍정의 마음으로 작은 열매를 찾으려 했고,
그 열매들이 쌓여 추억이 되었으며,
시간이 지나 다시 행복으로 돌아왔다.

행복은 길 끝에 있는 게 아니라
길 위에 흩어져 있었다.
우리가 해야 할 일은 그것을 알아보는 눈을 갖는 것.
그래서 행복은 목적지가 아니라,
길 위에서 만나는 작은 징표였다.

아마 앞으로의 삶도 같을 것이다.
삶의 이유는 거창한 무엇이 아니라,
살아가며 스쳐 가는 작은 행복들을 느끼기 위함—
나는 그렇게 결론을 내렸다.

그리고 그 행복을 크게 받아들이느냐,
놓쳐버리느냐는 결국 내 태도에 달려 있었다.

생각의 끝에서 고개를 들었을 때,
창밖의 별빛이 유난히 아름답게 빛나고 있었다.

"와… 여기 장난 아니다."
바라나시에 도착한 첫 순간,
그 말은 나도 모르게 터져 나왔다.
짧은 한마디였지만,
그 안에는 설명하기 힘든 경이로움과 두려움이 동시에 섞여 있었다.

바라나시는 세계에서 가장 오래된 거주 도시 중 하나로,
인도를 찾는 여행자라면 누구나 한 번쯤 들르는 곳이다.
그곳에 첫발을 내딛는 순간부터 이미 압도당하고 있었다.
온몸의 감각이 팽팽히 긴장하며
낯선 도시를 받아들이고 있었다.
쉴 새 없이 울려대는 경적,
매캐한 공기,
끝없이 이어지는 인파.
어디로 향하는지도 모를 사람들 사이를
자동차가 비집고 들어섰다.
사람들은 차를 피하지 않았고,
차는 사람 때문에 멈추지 않았다.
그 틈에서조차 소들은 거리 위에 태연히 누워 있었다.
그야말로 '혼돈'이라는 단어를

도시 위에 그대로 펼쳐놓은 듯했다.

갠지스강은 도시의 대동맥처럼 묵직하게 흐르고 있었다.
수야가 강물을 바라보다가 소리쳤다.
"밀크커피 같아."
정말, 실수로 물을 너무 부어 싱거워진 밀크커피 같은 색깔이었다.
하지만 그 강물은 힌두교도들에게
세상 무엇과도 바꿀 수 없는 신성한 상징이었다.
그들은 이곳에서 죽음을 맞이하면
윤회의 고통에서 벗어나
영혼의 자유, 즉 해탈(모크샤)에 이른다고 믿는다.
해탈을 얻은 영혼은 더 이상 다시 태어나지 않는다.
그래서 수많은 이들이
마지막을 준비하며 바라나시로 모여든다.

죽기 전 갠지스강에 몸을 담그는 행위는
곧 업(業)을 씻는 의식으로 여겨진다.
갠지스강을 따라 수백 개의 계단, 가트(Ghat)가 이어져 있었다.
그중에서도 시신을 화장하는 버닝 가트(Burning Ghat)는
이 도시를 가장 극적으로 드러내는 장소였다.
화장터에서는 매캐한 연기가 끊임없이 피어올랐고,
그 불길은 지금까지 단 한 번도 꺼진 적이 없다고 했다.
그러나 그 불꽃 속에서도 빈부의 격차는 사라지지 않았다.
부유한 이들은 장작을 넉넉히 써서 온전히 재로 돌아갔지만,
가난한 이들은 장작이 부족해 신체 일부만 남긴 채 불이 꺼지기도 했다.

죽음의 마지막 순간까지도
불평등은 그림자처럼 따라붙고 있었다.
더욱 놀라운 건
그 앞에서도 가족들이 울지 않았다는 사실이었다.
죽음을 고통의 끝이 아닌 영혼의 해방으로 여겼기 때문이다.
눈물을 보이는 건 금기였다.
그래서 눈물이 많은 여성들은
아예 화장터에 들어갈 수 없었다.

죽음이 일상처럼 가까운 도시였지만,
돌아서면 삶의 풍경이 눈앞에 펼쳐졌다.
얼핏 보면 사람이 살아갈 수 없는 환경 같았지만,
그 속에서도 사람들은 살아가고 있었다.

장터에서는 아이들이 뛰어놀았고,
상인들은 손님을 불러 세웠다.
사람들 사이에서는 웃음소리가 터져 나왔다.
어느 순간엔 거리에 종소리가 울려 퍼지고,
갠지스강 주변엔 종교 행렬이 이어졌다.

분명한 건,
이 도시의 삶을 결코 비참함 하나로 설명할 수 없다는 것.

바라나시의 시간은 갠지스강처럼 흘러왔다.
수천 년 동안 그러했듯,
앞으로도 그렇게 흐를 것이다.
불꽃과 연기, 기도와 웃음이 뒤섞인 이 도시에서
나는 잠시 한 인간으로서의 나를 마주했다.

"수야, 이런 곳에서 살 수 있어?"
"아니."
수야의 단호한 대답과 동시에
내 안에 스친 생각 또한 이기적일 만큼 솔직했다.

'내가 한국에서 태어난 건 큰 축복이구나'
단지 그 이유만으로도
이만큼의 삶을 누릴 수 있다는 건
행운이었다.

언젠가 내 아들도 이 도시를 찾아
화장터의 불길과 갓난아이의 울음이
동시에 울려 퍼지는 장면을 마주했으면 좋겠다.
삶은 끝과 시작이 나란히 놓여 있다는 것을,
우리가 당연하게 누려온 것 너머에도
또 다른 진실이 존재한다는 것을 깨닫기를.

그때 그 아이는 어떤 표정을 짓게 될까.
두려움일까, 경이로움일까,
아니면 지금의 나처럼 설명하기 힘든 평온함일까.

무엇이든 상관없다.
다만 내가 바라는 건 단 하나.

그가 세상을 살아가며
불안과 고통을 마주하더라도,
결핍이 곧 불행은 아니라는 사실,

그리고
끝내 웃음을 잃지 않기를.

이만큼의 삶을
누릴 수 있다는 건
행운이었다.

동남아,

오만과 겸손

"그래, 바로 너야.
광대는 세상에서 가장 낮은 사람이야."

오후 5시

인간의 적응력은 어디까지일까.
태국 방콕 공항에 도착하자마자 들른 화장실에서
나는 적지 않은 문화 충격을 받았다.
'아니, 화장실에 휴지가 있다니!'
휴지가 있다니, 그것도 공짜로.
넉넉하게.
인도에서 휴지를 구하기 위해
헤매고 다녔던 기억이 떠올랐다.
'화장실에 휴지가 있다'는 사실에 충격을 받는
나 자신이 오히려 신기했다.
길다면 길고, 짧다면 짧았던 60일 동안
'휴지가 없는 세계'가 곧 나의 세계였던 것이다.

우리는 그렇게 애증의 인도를 뒤로하고
마지막 여행지로 동남아시아를 선택했다.
저렴한 물가, 맛있는 음식,
망고 셰이크와 얼음 맥주, 그리고 마사지.
그동안 지독히 아껴왔던 경비를
시원하게 탕진하기엔 이보다 좋은 곳이 없었다.

동남아에서의 첫 여행지는 미소가 아름다운 나라, 태국.
공항 밖으로 나오자 습한 공기 속에 섞인 향신료 냄새가 코끝을 자극했다.

우리는 조금 무리해서 좋은 숙소를 잡았다.
커다란 창밖으로 야자수가 보이는 수영장,
흰 시트가 깔린 널찍한 침대.
마사지를 받고, 풀장에 몸을 던지며
그동안 쌓인 여독을 풀어냈다.

우리의 긴 여행이 하루라면
지금쯤은 오후 5시쯤 되었을까.

적당한 피로감 속에서
저녁 식사에 대한 기대가 피어오르고, 곧 노을이 붉게 물들 시간.
사랑하는 아내와 함께 술 한잔하며 하루를 마무리하기에
더없이 완벽한 순간이었다.

이가 시릴 만큼 차가운 얼음 맥주를 마시며 행복한 고민에 빠졌다.
차가운 맥주가 목을 타고 내려가자
온몸 구석구석까지 전율처럼 시원함이 퍼졌다.

'키야~~ 바다로 갈까? 산으로 갈까?
아니면… 그냥 여기도 좋은데?'

국수 한 그릇에 세상을 다 가진 것 같은 표정을 짓는 수야를 보며
고기국수와 이 차가운 얼음 맥주가 있는 곳이라면 어디든 떠나자 결심했다.

"Excuse me, one more beer, khap!"

아니면…
그냥 여기도 좋은데?

마이너스 부부

이건 정말 비밀인데, 나는 옷을 못 입는다.
수야와 쇼핑몰에 가면
내가 늘 하는 말은 정해져 있다.
"수야 사, 난 안 사."

그러다 정말 입을 옷이 없을 때만
수야가 골라주는 걸 그냥 입는다.
그마저도 영상에 비치는 유튜버니까
어쩔 수 없이 사서 입는 정도랄까.
나름 옷을 잘 입어보려고 애도 써봤다.
돈도 써보고, 패션 공부도 해봤시만 영 진전이 없었다.
그 이유는 아마도
어릴 적 어머니의 가정교육 때문일 것이다.

사춘기 시절, 멋 좀 부리고 싶던 때가 있었다.
교복을 빼면 내게 있던 옷은 딱 두 벌.
"엄마, 나 옷 좀 사줘."
아무리 졸라도 어머니는 늘 같은 말씀을 하셨다.
"사람은 내면이 중요한 거야."
집안 사정이 넉넉하지 않았기에
한 푼이 아쉬운 어머니로선 다른 대답을 하실 수 없었겠지.

그런데 그때 나는 정말로 '내면이 전부'라고 믿고 자랐다.

하지만 지금은, 내면만큼 외면도 중요한 시대다.
사람들은 내면을 보기 전에
먼저 외면으로 판단한다.
그래서 나는 늘 마이너스에서 출발하는 기분이다.
더 큰 문제는 이거다.
부부는 닮는다더니,
원래 패션 감각이 꽤 있었던 수야도
점점 나를 닮아가고 있다.

그래서 우리는 언제나
마이너스에서 시작하는 부부.

그런데 이상하게도 우리는 꽤 잘 살아간다.
어머니의 말이 아주 틀린 건 아닌가 보다.

THAILAND
สก 3922
TUK • TUK

이야기보따리

태국 방콕의 카오산로드(Khaosan Road)는
세계의 배낭여행자들이 모이는 거리다.
배낭여행자들이 몸속을 흐르는 혈액이라면,
카오산로드는 그들이 잠시 머물다 가는 심장 같은 곳이었다.
동서남북으로 흩어질 이들이 이곳에 모여 잠시 숨을 고른다.
여행 정보를 나누고, 지친 여정을 술과 음식으로 비워내며
다시 길 위로 흘러갈 힘을 얻는다.
낮에는 그저 평범한 골목 같지만,
해가 지면 카오산로드는 세계가 뒤섞인 하나의 축제가 되어
광란의 무대로 변한다.

우리 역시 배낭여행자의 신분으로
이 거리에 자리를 차지하고 앉았다.
삐걱거리는 플라스틱 의자에 앉아
시원한 맥주를 마시며 사람 구경을 하는 것이
그렇게 즐거울 수가 없었다.

"와, 저 사람 배낭 봐. 30kg은 돼 보이는데?"
"신발이 다 닳았네. 일부러 저거 신고 다니는 거겠지?"
"그러게, 신발을 좀 사야 할 텐데."
문득 그들이 지나온 길이 머릿속에 그려졌다.

먼지 쌓인 배낭과 신발 속에는
우리가 모르는 수많은 길과
이야기들이 켜켜이 쌓여 있을 것이다.
닳고 닳아 밑창이 거의 사라진 신발.
저 신발은 어디에서 먼지를 뒤집어썼을까?
라오스의 오지일까, 네팔의 산길일까.
낡은 신발 속에는 그가 무너졌다 일어서기를 반복한
이야기가 겹겹이 새겨져 있는 듯했다.
커다란 배낭을 멘 노년의 여행자가 눈에 들어왔다.
저 낡은 배낭에는 어떤 이야기가 들어 있을까.
긴 세월 떠나야 했던 이유,
가슴에 묻어둔 상처들이 담겨 있을지도 모른다.
그곳에 모인 사람들의 배낭은
단순한 짐이 아니라
각자의 선택과 무게를 고스란히 짊어지고 있는 듯했다.
맥주잔을 앞에 두고 홀로 앉아 있던 한 여성도 있었다.
짧은 머리, 시선은 멀리 번쩍이는 네온사인을 향해 있었지만,
그녀의 표정은 아득히 먼 과거를 바라보는 듯했다.
무슨 사연이 그녀를 이곳까지 데려왔을까.
시작일 수도, 혹은 끝일 수도 있는 여정이
그 얼굴에 스쳐 지나갔다.

사람들을 바라보다 문득 깨달았다.
그들에 비하면 우리의 모습은 왠지 깔끔했다.
하지만 닳고 찢어진 그들의 옷과 신발이

오히려 더 많은 사연을 품고 있는 듯,
왠지 멋져 보였다.
그런데 막상 몇 마디 나눠보면
우리가 훨씬 오래 여행한 선배일 때도 있었다.

마치 5년은 족히 떠돌았을 것 같은 프랑스 친구가 말했다.
"와, 너희는 1년 동안 여행한다고? 멋지다!
난 이제 10일 됐어."
"10일?"

항상 그렇듯, 상상과 진실은 언제나 달랐다.
하지만 한 사람 한 사람의 배낭에는
무겁고도 설레는, 때로는 아픈 이야기들이 담겨 있었다.
그 이야기에 상상력을 덧입혀 관심을 기울이자,
카오산로드의 좁은 거리는 한없이 넓어졌다.
카오산로드는 더 이상 작은 골목이 아니라,
세계의 수많은 인생이 교차하는 하나의 거대한 무대였다.

네온이 번쩍이는 밤이 되자 수천 개의 이야기들이
그곳에 쏟아져 나와 뒤섞였다.
멀끔해진 여행자들이 술을 마시고 춤을 춘다.
여러 음악이 뒤엉켜
어떤 리듬인지 구분되지 않지만,
모두가 그저 시끄러운 소리에 몸을 흔들 뿐이었다.
체면도, 부끄러움도 없었다.

소리치고, 웃고, 끌어안았다.
나라, 피부색, 종교, 이름, 나이, 성별, 직업—
그 어떤 것도 중요하지 않았다.
서로의 이야기를 품은 여행자들이
하나가 되어가고 있었다.
그곳에서는 누구도 이방인이 아니었다.

음악과 술,
그리고 뜨거운 공기 속에서
모두가 같은 여행자이자,
같은 인간으로 이어져 있었다.
그야말로 "We are the world."

우리도 그 밤, 술에 취해 그곳의 리듬에 몸을 맡겼다.
그리고 우리 두 사람만의 이야기도
그곳에 살짝 섞어두었다.

그날 밤,
우리도 세계의 일부가 되었다.

그곳에서는
누구도
이방인이 아니었다.

동 남 아

나는 늘 겸손을 미덕이라 믿고 살아왔다.
하지만 겸손하기란 쉽지 않다.
겉으로는 누구나 고개를 숙일 수 있지만,
마음 깊은 곳까지 진정으로 낮아지는 일은 어렵다.
여행이 길어질수록 자신감이 쌓였고,
그 자신감은 결국 교만으로 이어졌다.
그리고 교만은 마침내 사고를 불러왔다.

이것은 우리가 여행하며 겪었던 가장 끔찍한 순간의 기록이다.
사건이 일어나기 며칠 전,
우리는 태국 지도를 펴놓고 다음 행선지를 고민하고 있었다.
"누구나 쉽게 갈 수 있는 곳은 좀 지루한데…"
태국은 이미 여러 번 여행했던 익숙한 땅이었다.
치안도 비교적 안전했고,
10개월간의 배낭여행으로 단련된 자신감도 있었다.
그래서 이번만큼은 조금 더 모험적인 곳을 원했다.
한국에서 쉽게 오갈 수 없는,
'지금이 아니면 경험할 수 없는 곳'.
긴 가족회의 끝에 우리는
결국 '휴양지로 가자'는 결론에 도달했다.
그래서 섬과 휴양지가 많은 방콕 남쪽으로 향하기로 했다.
다만 구체적인 목적지는 정하지 않았다.

이번만큼은 우리의 의지가 아닌 운명에 맡기자고 했다.
버스터미널에 도착해
가장 끌리는 목적지를 골라 떠나기로 한 것이다.

즉흥적인 랜덤 여행.
"끄라비는 이미 가봤으니 패스, 푸껫은 너무 유명하니 패스."
내가 고민하고 있을 때 수야가 '코사무이'를 콕 집어 말했다.
"왜 코사무이야?"
"오빠 이름이 '코'우서잖아. 그러니까 '코'사무이.
게다가 '수'랏타니를 거쳐야 하는데, 내 이름이 '수'야잖아.
운명이 우릴 부르고 있어."
우리는 그 황당한 운명론에 이끌려 코사무이행 티켓을 끊었다.
그러나 그 선택이 가장 큰 비극으로 이어질 줄은 몰랐다.

코사무이는 태국에서 세 번째로 큰 섬이다.
야자수와 해변이 아름다워 신혼여행지로도 유명하다.
우리는 여느 신혼부부처럼 며칠 동안 수영을 하고
맛있는 음식을 먹으며 여유를 만끽했다.
오랜만에 느껴보는 느긋함이었다.
그러던 중, 우연히 한식당을 운영하는 사장님을 만났다.
"이왕 코사무이까지 오셨으면 코팡안이랑 코따오도 꼭 가셔야죠."
그 말에 귀가 솔깃했다.
그는 덧붙였다.
"코팡안에서는 세계적인 풀문파티가 열려요.
보름달이 뜨는 밤, 해변에 수만 명이 모이죠.

많을 땐 3만 명까지요. 어? 모레가 딱 보름이네요.”
순간 우리의 눈빛이 마주쳤다. 망설일 이유가 없었다.
세계적인 파티라니, 놓칠 수 없는 기회였다.
우리는 곧장 코팡안으로 향했다.

코팡안은 코사무이보다 작은 섬이었지만
분위기는 훨씬 뜨거웠다.
좁은 길 위로 수영복 차림의 여행자들이 스쿠터를 타고 씽씽 달렸다.
해변마다 바와 해먹이 늘어서 있었고,
사람들은 숨겨진 해변을 찾아 태양 아래 온몸을 태우며 자유를 즐겼다.
코팡안은 젊음과 자유의 섬이었다.
드디어 보름달의 밤.
우리는 풀문파티에 참여했다.
“여러분, 저희는 지금 풀문파티에 와 있습니다!”
카메라를 들고 유튜브 영상을 찍기 시작했다.
길게 이어진 해변은 발 디딜 틈이 없을 정도로 인파로 가득했고,
술에 젖은 사람들은 최소한의 옷만 걸친 채 몸을 흔들었다.
우리도 나름 멋지게 차려입고 갔지만,
그곳에서는 옷이 그다지 중요하지 않았다.
뜨거운 열기에 이끌려
우리 역시 흥에 겨워 춤을 추며 즐거움에 빠졌다.

비극은 언제나 가장 즐거운 순간을 노린다.
어느 정도 영상을 담았다고 생각해
카메라를 수야의 가방에 넣고

우리만의 파티를 즐기던 그때였다.

"수야, 가방 왜 열려 있어?"
"어!? 뭐야!"
수야의 힙색 지퍼가 강제로 찢겨 있었다.
그 안의 모든 것이 사라졌다.
그 순간, 심장이 철렁 내려앉았다.
요란하던 EDM 음악은 사라지고, 쿵쾅거리는 맥박 소리만 귀에 울렸다.
불빛과 환호가 넘실대는 해변 한가운데서
우리 둘만 암흑 속에 떨어진 기분이었다.
액션캠, 수야의 휴대폰, 현금 30만 원,
지갑 속 카드와 신분증, 숙소 열쇠까지.
하나만 잃어버려도 충격인데, 모든 것이 사라졌다.
금액으로는 150만 원 남짓.
하지만 돈보다 더 아픈 건 복구할 수 없는 것들이었다.
액션캠에는 우리의 기록이,
휴대폰에는 우리의 추억이 담겨 있었다.
잃어버린 건 돈이 아니라 우리의 시간과 기억이었다.

혹시 범인이 현금만 챙기고 나머지를 버렸을지도 몰라.
우리는 해변을 샅샅이 뒤졌다.
사람들은 여전히 춤추고 웃었지만,
우리는 모래를 한 줌씩 쥐어 뒤지며 희망을 찾아 헤맸다.
그러나 헛수고였다.
경찰서까지 찾아갔지만 돌아온 대답은

"자주 있는 일."이라는 무심한 한마디뿐이었다.
밤을 꼬박 새우며 해변을 뒤지던 우리는
결국 포기했다.
남은 돈 한 푼 없이 숙소로 돌아갈 택시조차 탈 수 없었다.
"저희 좀 태워주세요, 제발…"
썽태우 기사들에게 사정했지만 돈이 없다는 이유로 외면당했다.
날이 밝아올 무렵, 우리는 길가에 쪼그려 앉아 있었다.
그때, 계속 우리를 지켜보던 한 기사님이 조용히 손짓했다.
"타세요."
그분의 따뜻한 마음 덕분에 우리는 겨우 숙소로 돌아올 수 있었다.

여행지에 대한 맹신, 경험에서 나온 자만.
잠시 긴장을 푼 사이, 비극은 찾아왔다.
하지만 부정적인 감정에 오래 머물 순 없었다.
우리는 빠르게 복구 작업에 들어갔다.
새로운 카메라와 저렴한 휴대폰을 구입하고, 일상을 되찾기 위해 애썼다.
작은 섬에서의 복구는 쉽지 않았지만,
서로를 위로하며 긍정의 끈을 놓지 않았다.
여행에서 가장 큰 적은 낯선 땅이 아니라
익숙함이 주는 방심이었다.
돈은 다시 벌 수 있었지만, 잃어버린 기억은 돌아오지 않았다.
시베리아 횡단열차부터 찍어온 사진들을
다시는 볼 수 없다는 게 무엇보다 마음이 아팠다.

그 후로 우리의 사전에는 더 이상 '방심'이라는 단어가 없다.

비극은 언제나
가장 즐거운 순간을
노린다.

삶은 늘 위기의 연속이다.
중요한 건 그 위기를 어떻게 넘어서는가다.
소매치기를 당해 궁지에 몰렸을 때,
우리는 평소라면 상상조차 하지 못했을 선택을 했다.
바로 태국의 누드비치를 촬영한 것.
"이걸 정말 올려도 되나?"
우리조차 반신반의했지만,
놀랍게도 그 영상은 지금까지 만든 어떤 콘텐츠보다도 큰 성공을 거뒀다.
위기가 닥치면 사람은 초인적인 힘을 발휘한다.
그래서 나는 이 말을 늘 마음에 새긴다.
"위기는 기회다."

그리고 사실, 내가 수야와 결혼하게 된 계기도
바로 그런 '위기' 때문이었다.
"여기를 떠나는 순간, 그 안 좋은 일들도 잊혀지는 거야."
수야의 말처럼 우리는 위기를 지나며 상처를 다스렸고,
다시 힘차게 길을 나설 수 있었다.
그 발걸음이 닿은 곳이 바로 태국 끄라비(Krabi)였다.
끄라비는 태국 남부 해안,
에메랄드빛 바다와 기암괴석으로 유명한 휴양지다.
하지만 우리에게는 그 이상의 의미를 가진다.
결혼식 일주일 전, '식전 여행'으로 찾았던 곳.

그리고 내가 수야에게 프러포즈했던 장소.
'다시는 못 오겠지'

그렇게 생각했던 그곳에 3년 차 부부가 되어,
그것도 세계여행 중 다시 발을 딛게 될 줄은 상상조차 못 했다.
우리는 끄라비 이곳저곳을 거닐며 추억 속으로 빠져들었다.
"오빠! 저기 기억나?"
"어, 여기 없어졌네."
"여긴 공사 중이었는데 건물이 됐네."
불과 3년 전이지만 많은 것이 달라져 있었다.
끄라비만큼이나 우리도 변해 있었다.
연인이었던 우리는 이제 부부가 되었고,
무대 위 배우였던 우리는
지금 세계를 여행하는 유튜버가 되어 있었다.
그럼에도 변하지 않은 깃이 있다면,
붉은 노을을 바라보며 나란히 걷는 우리의 모습이었다.

하루 종일 뜨겁게 내리쬔 태양이 만든 노을의 향기 때문일까,
마음이 간질간질해졌다.
"우리가 어떻게 부부가 됐지?"
"운명의 장난이지…"
황당하게도 우리가 결혼하게 된 이유는 단순했다.
'수야가 살 곳이 없어서'
그 단순한 이유가 결국 우리의 운명을 바꿨다.

3년 전으로 거슬러 올라가, 결혼식 석 달 전의 이야기.

그때까지만 해도 우리는 결혼을 전혀 계획하지 않았다.

모아둔 돈은 없었고, 둘 다 연극 무대에서 일하며 수입이 일정치 않았다.

수야는 향수 가게에서 아르바이트를,

나는 대리운전을 하며 하루하루를 버텼다.

그런데 뜻밖의 위기가 닥쳤다.

수야가 살던 고모네 집이

갑작스럽게 리모델링 공사에 들어가며

며칠 안으로 집을 비워야 했다.

원래 2년을 살기로 했는데 고작 9개월 만에 나와야 했던 것이다.

게다가 살림을 꾸미느라 돈을 다 써버려

월세 보증금은 이미 바닥이었다.

우리는 영등포 곱창집 앞 야외 테이블에 앉아

곱창전골에 소주 한 병을 놓고 깊은 고민에 빠졌다.

"나 어떡해, 오빠?"

"방법이 있을 거야…"

어떻게든 돈을 모아 보증금을 마련하려 했지만 턱없이 부족했다.

그때 떠올린 묘안은,

여동생과 함께 살던 서울의 작은 빌라에

수야가 당분간 들어와 지내는 것이었다.

문제는 그 집이 어머니 소유라는 것.

나는 허락을 구하기 위해 전화를 걸었다.

수야를 잘 알고 있던 어머니라

쉽게 허락하실 줄 알았지만, 대답은 뜻밖에도 단호했다.

“어떻게 남의 집 딸을 그냥 들여.
같이 살려면 양가 부모님 허락을 받고 혼인신고부터 해. 그러고 나서 살아.”
궁지에 몰린 우리는 오래 고민할 수도 없었다.
그렇게 결혼을 결심했다.
며칠 뒤, 가진 옷 중 가장 멋진 정장을 입고
수야의 본가, 경북 의성으로 향했다.
장인 장모님 앞에서 정중히 고개를 숙였다.
“수야와 결혼하고 싶습니다.”
숨 막히는 정적이 흘렀다.
그때 수야의 나이는 스물넷.
직업도, 돈도, 미래도 확실치 않은
8살 많은 남자가 막내딸을 달라 했으니
두 분이 놀라지 않을 수 없었다.
잠시 후, 장인어른은 우리를 소고깃집으로 데려가셨다.
자리에 앉자마자 소주잔이 채워졌나.
단 30분 만에 소주 다섯 병.
아마 주사가 있는지 보려 하신 듯했다.
나는 초인적인 힘으로 세 병을 마시고도
허리를 꼿꼿이 세웠다.
그 모습을 보시던 장인어른은 말했다.
“재미있게 살아. 다른 건 다 필요 없어. 그게 최고야.”
장모님은 조용히 덧붙이셨다.
“자네를 믿는 게 아니야. 수야의 선택을 믿는 거지.”

서울로 돌아오는 차 안에서 우리는 한동안 말이 없었다.

불과 열흘 만에 '결혼을 전제로 만나는 사이'가 되어버린 현실.
두려움과 설렘이 교차하던 그때,
장인어른에게서 문자가 도착했다.
"고마 올해 해뿌라."
(올해 안으로 결혼식을 올려라)
그때가 9월이었다.
단 석 달 만에 준비를 마치고
그해 12월, 우리는 결혼했다.
그리고 수야는 서울 빌라로 이사해 왔다.
수야는 살 곳이 생겼고, 동시에 남편도 생겼다.
결혼식 일주일 전, 미리 예약해 둔 끄라비행 비행기가
결국 우리의 식전 여행이자 프로포즈 여행이 되었다.

그리고 3년이 지난 지금,
우리는 같은 끄라비 바닷가를 다시 걷는다.
여전히 붉은 노을 아래에서.
"세상일은 정말 어떻게 될지 몰라."
우리가 입에 달고 사는 말이다.
결혼도, 세계여행도,
영등포 곱창집 앞에서는 상상도 못 했다.
황혼으로 물든 하늘을 바라보며
함께 지나온 시간이 그저 꿈결 같았다.
나는 지금도 믿는다.
수야와의 결혼은 내 인생의 가장 큰 행운이었다.
물론 이 이야기는 어디까지나 개인적인 경험이다.

요즘 세대가 결혼을 필수로 여기지 않는다는 걸 안다.

그 마음, 충분히 이해한다.

하지만 '결혼을 하고 싶지만 여러 제약 때문에 망설이는 이들'에게는

우리의 여정이 작은 용기가 되었으면 한다.

돈이 없어도 결혼할 수 있었고,

결혼해서도 자유로울 수 있었다.

방법이 없다고 생각될 때,

우리가 그랬듯 방법은 반드시 생긴다.

세상은 결국, 진심으로 발걸음을 내딛는 사람에게 응답하니까.

가족을 이룬다는 건

다른 어떤 자유와도 다른 달콤한 모험이다.

만약 그때 고모네 집이 공사에 들어가지 않았다면,

아니, 월세 보증금을 마련할 수 있었다면,

우리는 아마 부부가 되지 않았을지도 모른다.

삶은 언제나 예기치 않은 방향으로 흐른다.

운명 같은 사건이 우리를 부부로 만들었지만,

그 길을 이어온 건 결국 우리의 선택이었다.

그러니 위기를 마주했을 때 스스로 한계를 두지 말자.

불가능을 가능으로 바꾸는 선택이

바로 그 순간 태어날지도 모른다.

언젠가 다시 끄라비에 가게 된다면 그땐 이렇게 말하겠지.

"애기랑 같이 오게 될 줄은 상상도 못 했다."

그 길을 이어온 건
결국 우리의
선택이었다.

동 남 아

누구의 아류도
될 수 없다

여행이 길어지고, 유튜브에 영상이 차곡차곡 쌓여갈수록
우리는 때때로 스스로의 능력을 의심해야 했다.
보이지 않는 경쟁 속에 휩쓸릴 때도 있었고,
수없이 많은 달콤한 유혹 앞에서 양심을 시험받는 순간도 있었다.

그럼에도 불구하고,
처음 카메라를 들던 그 마음만은 놓치지 않으려 애썼다.
고통 속에서도, 혼란 속에서도
우리는 서로를 다독이며 진심을 다해 나아가려 했다.

"절대 중심을 잃어선 안 돼."

수없이 되뇌며 다짐했다.
쑈따리는 쑈따리일 뿐, 누구의 아류도 될 수 없다고.
우리 여정에서 정말 중요한 것이 무엇인지,
누군가에게 우리의 영상이 상처가 되진 않는지,
타인의 시선 때문에 우리의 초심이 퇴색되진 않는지—

우리는 끊임없이 묻고, 되새기며, 앞으로 나아갔다.

딴따라

(무대. 두 사람, 마주 앉아 있다. 은은한 조명이 두 사람을 비춘다)

수야: 딴따라… 뭔가 귀엽지 않아?
우서: (찡그리며) 그건 비하하는 말이잖아.
수야: (장난스럽게) 딴따라, 딴따라, 딴따라… 귀여운데?

(그 순간, 무대 위의 시간이 멈춘다.
두 사람은 그대로 얼어붙는다.
고요 속에 반짝이는 빛가루가 흩날리며,
작은 요정이 무대 한가운데로 춤추듯 걸어 나온다.
요정의 날개 끝에서 은빛 먼지가 흩뿌려지고,
신비로운 노랫소리가 무대를 채운다)

요정: (알 수 없는 표정으로 노래한다)

박수는 없어도 좋아―♫
누군가는 바보처럼 노래해야 하―지
누군가는 무대를 채워야 하―지
딴따라~ 딴따라~ 딴따라―♫
신나는 노래를 불러보―자―♫

딴따라~ 딴따라~ 딴따라—♫
무표정한 세상에 던지는 주—문—
…딴따라!

(요정은 환영처럼 반짝이는 먼지를 남기고 사라진다.
빛가루가 마법처럼 흩날리며 사라지는 순간,
정지했던 시간이 다시 흐른다.
우서의 눈빛에 묘하게 달라진 기운이 스친다)

우서: (피식 웃으며) …그럼, 우리 딴따라 할까?

(두 사람의 웃음이 무대 위에 퍼진다. 조명 천천히 암전)

…그럼, 우리
딴따라 할까?

참 잘했어요!

아주 어릴 적,

나는 틈만 나면 자전거를 타고 모험을 떠났다.

준비물은 종이 한 장과 연필이면 충분했다.

종이에 직접 지도를 그리며 바람을 가르고

더 멀리, 더 모르는 곳으로 달려갔다.

그 끝에는 늘 낯선 풍경이 기다리고 있었다.

실상은 옆 동네에 불과했겠지만,

어린 나에게는 세상의 끝을 발견한 듯한 짜릿한 순간이었다.

스스로 그린 엉성한 지도를 보며

거꾸로 길을 찾아 돌아오곤 했다.

그 지도가 엉망일수록, 오히려 모험은 더 빛났다.

어릴 적 수야는 텔레비전 앞에서 노래를 불렀다고 한다.

"텔레비전에 내가 나왔으면, 정말 좋겠네, 정말 좋겠네."

작은 목소리로 흥얼거리며

스스로 무대 위에 선 듯 눈을 반짝였다.

사람들이 모이면 망설임 없이 앞으로 나서서

노래하고 춤추는 걸 즐겼다.

작은 체구에서 쏟아져 나오는 당찬 기운에

주위 어른들은 웃음을 지으며 박수를 보냈다.

아마 그때부터 무대는 이미 수야의 놀이터였는지도 모른다.

꼬마 우서는 자전거로 세상의 끝을 찾아다녔고,

꼬마 수야는 노래로 사람들의 마음을 두드렸다.
그 아이들이 자라 어른이 되어 부부가 되었고,
각자의 세계가 하나로 합쳐졌다.

그렇게 이어진 두 세계는
결국 오늘, 태국 북부 치앙마이에 닿았다.
이곳은 산과 나무가 감싸는 초록빛 도시.
골목마다 아기자기한 카페들이 숨어 있어
여행자들이 편한 마음으로 쉬어 간다.
이미 한 달 살기의 명소로 자리 잡은 그곳에서
우리도 한 달을 살아보기로 했다.

그러던 중, '노스게이트'라는 재즈 펍에서
오픈 마이크 무대를 연다는 소식을 들었다.
관객 누구나 올라가 노래할 수 있는 시간.
나는 망설임 없이 수야에게 권했다.
"수야, 노래 한 곡 하지 그래?"
수야는 주저하지 않고 고개를 끄덕였다.
공연 날, 수야의 선곡은
영화 겨울왕국의 OST, 〈Let It Go〉였다.
마이크를 잡은 수야는 먼저 관객들을 향해 인사했다.
"안녕하세요, 한국에서 온 수야예요!
밖에 계신 분들도 잘 들리시죠?"
순간, 사람들은 그녀의 발랄한 무대 매너에
일제히 웃음을 터뜨렸다.

"겨울이 오고 있지만, 태국은 아직 덥네요."
가볍게 던진 한마디가 분위기를 환하게 만들었다.
그리고 곧, 노래가 시작됐다.

익숙한 멜로디 위에 얹힌 그녀의 폭발적인 가창력은
작은 재즈 펍을 국경 없는 합창 무대로 바꾸어 놓았다.
"Let it go, let it go—"
펍 안은 순식간에 하나의 무대가 되었다.
여행자들이 박수를 치며 함께 노래했다.

나는 그 모습을 바라보며
어릴 적 형편없던 종이 지도를 떠올렸다.
엉성했던 그 선들이 결국 우리를 이곳까지 이끌었고,
그 선 위에서 수야는 노래를 하고 있었다.
어린 시절 텔레비전 앞에서 춤추며 노래하던 수야는
오늘도 무대를 자신의 놀이터로 바꾸었다.

그리고 그곳에 있던
낯선 나라의 사람들을 하나로 만들었다.

참 잘했어요,
꼬마 우서와 꼬마 수아.

각자의 세계가
하나로
합쳐졌다.

결핍연습

우리는 결핍을 선택했다.
누가 시킨 것도 아니었고, 피할 수도 있었다.
부족할 걸 알고 시작한 여정이었지만, 정말 부족했다.
지난 시간을 돌아보면,
부족한 경비 때문에 서러웠던 순간들이 끝없이 떠오른다.
숙소 예약은 언제나 최저가부터 찾아야 했고,
좋고 깨끗한 숙소는 늘 사진 속에서만 머물렀다.
먹고 싶은 음식이 있는 식당 앞에서
메뉴판의 숫자를 보고 서로 눈빛만 주고받은 채
발길을 돌린 적도 수도 없이 많았다.
맥주 한 잔 더 마시고 싶어도 차마 주문하지 못했다.
우리 여행 속의 결핍은 단순히 돈이 없는 게 아니었다.
매 순간을 계산해야 하는 삶 속에서도
웃음을 잃지 않으려는 싸움이었다.

결핍이 시련이라면,
우리에게 여행의 매 순간은
그 시련의 한계를 넘어서는 일이었다.
우리는 여행이라는 특수성 덕분에 그 한계를 곧잘 넘어왔다.
풍족하게 여행했던 순간들보다
오히려 부족하게 여행했던 시간들이 더 선명하게 기억에 남았다.

오죽하면 이런 대화를 나눈 적도 있었다.

"오빠, 만약 경비가 무한하다고 생각해 봐. 여행이 재미있을까?"

"무조건 재밌지!"

"…그러네."

생각해 보니, 그보다 재미있는 여행은 아마 없을 것이다.

하지만 그건 어디까지나 상상 속 이야기.

우리는 부족함 속에서도 즐거움을 찾아야만 했던 사람들이었다.

그리고 그 덕분에 세상을 조금 다르게 바라볼 수 있었다.

가진 경비로 최대한의 행복을 누리기 위해 여행했고,

그 안에서 오히려 더 많은 기쁨을 발견했다.

부족했기에 매 순간이 새로웠고,

조금의 여유조차 감사할 수 있었다.

앞으로의 삶에서도 우리가 늘 풍족할 거라는 보장은 없다.

오히려 부족함 속에서 살아갈 확률이 더 높을지도 모른다.

결국 인생이란,

크든 작든 그 결핍을 끌어안고 살아가는 일이 아닐까.

그래서 우리는 결핍 속에서도 행복할 수 있는 방법을 연습했다.

서로가 서로에게 얼마나 소중한 존재인지

더 뚜렷하게 느낄 수 있었고,

결핍으로 인한 서러움에

잠식되지 않는 법도 조금은 알게 되었다.

이제 생각해 보면, 우리가 말한 '결핍'은

그저 돈의 많고 적음이 아니라

삶을 대하는 태도, 그리고 마음의 크기였다.
우리는 어쩌면 '세계여행'이라는 이름 아래
결핍을 견디는 힘, 아니,
결핍 속에서도 행복을 찾는 법을 배운 게 아닐까.
그렇게 11개월의 시간이 흘렀다.
한국으로 떠나는 비행기 티켓을 사고 나니
통장에 남은 돈은 200만 원.
남은 한 달을 여행하기엔 넉넉한 돈은 아니었다.

그동안의 결핍을 잠시 내려놓듯,
치앙마이에서는 좋은 숙소에 머물며
맛있는 음식과 술을 마음껏 즐겼다.
그건 우리에게 주는 선물 같은 시간이었다.

그리고 다시 배낭을 짊어지며
우리는 또 한 번 '가난할 준비'를 마쳤다.
'신나는데? 어디든 갈 수 있을 것 같아!'

단연코, 결핍은 불행이 아니었다.
불행을 만들어 내는 건 언제나 우리의 태도였다.

오만해요

"제 인생 여행지 중 하나, 라오스에 도착했습니다!"

라오스는 내게 조금 특별한 나라다.
연극에 대한 회의감이 깊어지던 시절,
나는 결국 극단을 뛰쳐나와 이곳으로 향했다.
처음으로 배낭을 메고 떠난 해외였지만,
라오스는 이상하리만큼 금세 마음을 빼앗았다.
라오스가 좋았던 이유는
맛있는 음식도, 멋진 풍경도 아니었다.
마주치는 현지인들마다 나를 향해 낮은 자세로 건네던 미소 때문이었다.
그러다 문득 마음 한편에서 경계심이 일었다.
그 낮은 자세에서 비롯된 미소가 왜 나를 그렇게 행복하게 만들었을까.
혹시 그것은,
내 안의 상대적 우월감이 만들어 낸 착각은 아니었을까.
그 생각과 함께
내 안에 깊이 남아 있던 한 장면이 떠올랐다.
아마 이 이야기는,
내 평생 이불킥을 하게 될 부끄러운 기억에 대한 고백일 것이다.

"네 연기는 말이야…."
대학교 졸업작품을 준비하던 시절,

나는 후배들에게 술을 따라주며
연기에 대해 코멘트를 늘어놓고 있었다.
그때의 나는 연극에 대한 자신감으로 가득 차 있었다.
졸업을 앞두고 있었고,
바로 그 전 여름 연극제에서 남자연기상을 수상했다.
그 덕분에 학교 한복판에는
내 얼굴이 인쇄된 플래카드가 걸려 있었다.
게다가 졸업작품의 주인공까지 맡고 있었으니,
마치 연기에 대해 다 아는 사람처럼 착각했다.
자만심으로 팽창한 풍선처럼 곧 터지기 직전이었다.
그때 은사님을 만나지 못했다면
아마 나의 인생은 전혀 다른 방향으로 흘러갔을지도 모른다.

수업 시간, 무대 위에서 자신 있게 대사를 읊었을 때
선생님은 내 연기를 끊고 단호히 말씀하셨다.
"오만해요."
스튜디오는 숨조차 막힐 만큼 조용해졌다.
선후배 40명의 시선이 일제히 내게 쏠렸다.
4시간의 수업 중,
3시간 동안 선생님의 꾸짖음은 오롯이 나를 향했다.
나는 대사 한 줄도 제대로 이어가지 못했고,

선생님은 "오만해서 그래요."라는 말을 반복하셨다.

그토록 긴 시간을 들여

선생님이 내게 전하고 싶으셨던 말은 무엇이었을까.

"플래카드에 있는 사람이 당신 맞아요?

그런데 연기를 왜 이렇게 오만하게 해요?"

후배들 앞에서 "연기는 이런 거다." 하며 거만을 떨던 내가,

이젠 그들 앞에서 한마디도 잇지 못한 채

무대 위에 멀뚱히 서 있었다.

대사 한 줄도 제대로 내뱉지 못하는 내 모습을 자각하는 순간,

쥐구멍이라도 있으면 숨고 싶었다.

그동안 내가 쌓아 올린 모든 것은 사실 허상에 불과했다.

지금도 그날의 공기, 내 심장 소리,

선생님의 눈빛을 잊을 수 없다.

그날을 떠올릴 때마다 아직도 부끄럽고 후회스럽다.

지나고 나서야 알았다.

그날 선생님은 내게 '연기하는 법'을 가르치신 게 아니었다.

그분이 진짜로 전하고 싶으셨던 건

연기보다 먼저, 사람으로서의 태도였다.

배우로서 관객을 진심으로 대하는 마음,

그리고 어떤 상황에서도 자신을 낮출 줄 아는 자세.

그것이 선생님이 말하신 '연기의 시작'이었다.

하루는 극단원들에게 선생님이 질문하셨다.

"세상에서 가장 별것 아닌 일을 하는 사람이 누구라고 생각해?"

단원들이 잠시 망설이다가 조심스레 자신을 가리켰다.

선생님은 미소 지으며 말씀하셨다.
"그래, 바로 너야.
광대는 세상에서 가장 낮은 사람이야.
가장 낮기 때문에
남들이 부끄러워서 하지 못하는 말을 대신할 수 있는 거야.
남들이 다리 꼬고 앉아 고고하게 무대를 내려다볼 때,
광대는 낮은 자세로 이렇게 말하는 거지.
'나 이런 고민이 있어요. 여러분은 어때요?'
그럴 때 사람들은 느끼는 거야.
'나만 그런 게 아니구나. 나는 혼자가 아니었구나.
이 세상은 외로운 세상이 아니었구나'
그게 바로 우리의 역할이야."

내가 봐온 선생님은 늘 그렇게 자신을 낮추는 분이었다.
극장으로 걸어오는 관객 한 사람, 한 사람의 발걸음을
진심으로 감사할 줄 아는 분.
그렇게 평생을 광대로 살아오신 선생님을
나는 지금도 존경한다.

여행 중,
선생님이 소천하셨다는 소식을 들었다.
병환이 깊으시다는 말을 이미 전해 들었기에
마음의 준비는 했지만,
막상 그 소식 앞에서는 아무것도 할 수 없었다.
언제든 찾아뵙지 못한다는 사실이

여행 내내 불안의 그림자처럼 남아 있었다.

어떻게든 한국으로 돌아가 모시고 싶었지만
당장 돌아갈 방법을 찾지 못했고,
결국 선생님의 마지막을 함께하지 못했다.

세상을 살아가며
진정으로 자신을 낮춘다는 것이
얼마나 어려운 일인지 새삼 느낀다.
만약 선생님이 아직 곁에 계셨다면
이렇게 여쭙고 싶다.
"선생님, 낮아지는 게 너무 힘들어요.
세상은 저를 낮게 두지 않아요.
마음 한편에선 자만이 자라나고,
그길 다스리러 해도
거만함과 허영이 끊임없이 고개를 듭니다.
겸손하고 싶은데, 자꾸만 높아지고 싶어져요."

선생님은 어떤 대답을 주셨을까.
크게 웃으셨을까,
아니면 조용히 고개를 끄덕이셨을까.

이제는 세상에 계시지 않지만,
그분이 남긴 작품 속 대사에서
여전히 목소리가 들려오는 듯하다.

"한마디 다짐해 두자.
바람과 비, 이슬은
네가 더 나은 사람이 되는 걸 가르쳐 줘.
힘들면 기다려, 그럼 바람 불어온다."

라오스에서 도시를 옮기기 위해 미니버스를 탔다.
25인승 버스에 30명이 몸을 구겨 넣었고,
그것도 모자라 라오스 청년은 사람들 사이를 넘어 다니며
짐을 무릎 위. 다리 사이. 머리 위 빈틈까지 밀어 넣고 있었다.
출입구는 어느새 짐으로 완전히 막혀버렸고,
승객과 짐의 경계가 무너졌다.
우리는 마치 이삿짐처럼 실려 있었다.

현지인들은 아무렇지도 않은 표정으로 자리를 잡고 있었지만,
다소 위험해 보이는 광경에
여행자들은 하나같이 눈이 동그래졌다.
당황한 얼굴. 당혹스러운 눈빛.
고개를 가로저으며 현실을 부정하는 모습들—
그야말로 문화 충격.

나는 그 표정들이 너무 우스워
입을 씰룩이다가 결국 '푸하하하!' 하고 웃음을 터뜨렸다.
그 웃음은 전염병처럼 번져
버스 안 모두가 미친 듯이 웃기 시작했다.

그리고 능숙하게 짐을 싣던 라오스 청년에게
환호와 박수세례가 쏟아졌다.

그래, 바로 이거지!
불편 속에서 즐거움을 찾는 여행자의 자세.

위선자

우리 여행의 마지막 여정이 시작됐다.

라오스의 오지를 따라 슬로보트를 타고 베트남으로 향하던 중,

우리는 작은 마을 하나에 들렀다.

그곳의 이름은 므앙응오이(Muang Ngoi).

마치 시간을 거꾸로 돌려 50년 전으로 들어간 듯한 조용한 마을이었다.

그보다 더 깊숙한 곳에

반나(Van Na) 마을이라는 오지가 있다고 해서

트레킹 삼아 그곳으로 향했다.

반나 마을은 문명과 완전히 동떨어진,

약 400명이 살아가는 작은 시골이었다.

마을 사람늘은 한국인이리는 이유로

낯선 우리를 따뜻하게 맞아주었고,

그들과의 대화 속에서 뜻밖의 이야기를 들었다.

한 한국인이 이 마을에 머물며 유튜브 콘텐츠를 만든다고 했다.

학교에는 화장실을 짓고, 방과 후엔 컴퓨터 수업을 열었다.

그 선행 덕분에

아이들이 라오스 명문대에 진학했다고 했다.

마을 사람들은 고맙다는 말을 연신 하며

그 한국인을 향해 고개를 숙였다.

'와, 정말 훌륭한 사람이네'

그런데 동시에
내 마음 한구석에서 조용한 의심이 피어올랐다.
'그는 정말 순수한 마음으로 그런 일을 하는 걸까?
아니면 유튜브 콘텐츠를 위한, 일종의 위선은 아닐까?'
하지만 곧 깨달았다.
그건 그의 문제가 아니라, 내 마음의 문제였다.
그를 의심한 게 아니라,
내 안의 불순함을 그에게 투사한 것이었다.
누군가를 돕고 싶다고 행동하면서도,
사람들의 시선을 의식하고 칭찬받고 싶은 욕심.
오히려 그를 보며 내 안의 위선을 마주했다.
그 마음을 인정하는 데 오랜 시간이 걸렸다.

그러다 문득 이런 생각이 들었다.
'위선이라도 괜찮지 않을까?'
'선한 행동이 꼭 순수해야만 하는 걸까?'
그 안에 약간의 욕심이 섞여 있더라도,
그 결과가 누군가에게 도움이 된다면
그건 여전히 '선한 일'이라 부를 수 있지 않을까.

어릴 적부터 우리는
"훌륭한 사람이 되어야 한다."는 말을 들으며 자랐다.
하지만 세상은 늘 그 기준을 바꿔왔다.
어떤 시대엔 나라를 위해 희생한 이가,
또 어떤 시대엔 부와 명예를 얻은 이가 훌륭하다고 불렸다.

그러나 내가 생각하는 '훌륭함'은 훨씬 단순하다.
불완전한 마음으로라도 선을 실천하는 것,
위선처럼 보여도 누군가의 하루를 따뜻하게 만드는 것.
그것이면 충분하지 않을까.

'그래, 위선이어도 좋아.
그게 나의 불완전한 방식의 선이 될 수 있을 테니까'

나는 누군가를 도울 때면 마음 한편이 늘 불편하다.
'이건 정말 순수한 마음일까?'
스스로를 의심한다.
그런데 이제는 안다. 그 불편함조차 괜찮다.
위선이라 불려도 좋으니,
누군가에게 조금이라도 도움이 되는 사람이 되고 싶다.

아마 훌륭함이란, 자기 안의 위선을 부끄러워하지 않고
그걸 선으로 바꾸려는 의지에서 시작되는 게 아닐까.

순수한 의도는 찰나이지만,
그 찰나를 붙잡아 행동으로 옮기는 건 오랜 싸움이다.
그래서 나는 이제 위선을 두려워하지 않는다.

그건 내가 아직
선을 포기하지 않았다는 증거이니까.

겸손하고 싶은데,
자꾸만
높아지고 싶어져요.

동 남 아

느긋하게

강을 바라보며 흔들리는 해먹에 몸을 맡겼다.
그리고 맥주 한 병이 주는 취기에 눈을 감았다.
시원한 맥주 한 모금이 목을 타고 내려가자,
그 온기가 마음 깊숙이 퍼져나갔다.

마음의 짐을 하나둘 풀어놓다가 문득 생각했다.
살면서 이렇게 느긋했던 적이 있었던가.

조급함으로 얻은 건
결국 또 다른 조급함뿐이었다.

지금으로선 적게 가져도 넉넉하게 살고,
천천히 해도 여유롭게 살 수 있을 것만 같다.

아니, 꼭 그렇게 살아야겠다.

여행을 하는 이유

"여행은 때때로 엄청 피곤해."
여행 중 만난 스위스 누님이 깊은 한숨과 함께 말했다.
나는 미소를 지으며 가볍게 받아쳤다.
"때때로가 아니라, 늘 피곤해요."

그 순간, 주변 여행자들이 공감한 듯 꺽꺽 웃음을 터뜨렸다.
그리고 그 피곤함을 가장 절묘하게 표현한 우리말이 떠올랐다.

'집이 최고다'

겉으로 보기에 여행자는 늘 행복해 보이지만,
사실 대부분의 시간은 지치고 고단하다.
무거운 짐, 통하지 않는 언어,
끝없는 이동, 시차 적응, 그리고 체크아웃.
모든 여행에는 이런 불편함이
그림자처럼 따라붙는다.
그래서 나는 종종 생각했다.
혹시 사람들은 여행을 '행복하다'고 착각하는 건 아닐까?

그럼에도 불구하고,
왜 이렇게 많은 사람들이 기꺼이 힘든 길을 택하는 걸까?

여행에는 도대체 어떤 힘이 숨어 있는 걸까?
그리고 여행은, 어떻게 해야 '옳다'고 말할 수 있을까?

어릴 때부터 여행을 좋아했지만,
그 이유를 명확히 정의한 적은 없었다.
그래서 이번 긴 여행을 하며 꼭 답을 찾고 싶었다.

진정한 여행은 무엇일까.

그러나 아무리 깊이 생각해도
답은 쉽게 나오지 않았다.
누군가는 여행을 두고 왈가왈부한다.
"왜 그렇게 힘든 곳을 가서 사서 고생을 해?"
"저렇게 먹으러만 다니면 왜 굳이 여행을 다니냐?"
여기선 이렇게, 저기선 저렇게—
마치 여행에 공식이라도 있는 것처럼
자신의 경험에 빗대어 수학 문제를 풀 듯 평가한다.

하지만 여행엔 정답이 없다.
굳이 비유하자면,
여행은 수학보다 미술에 가깝다.
하얀 도화지 위에 그림을 그리듯,
각자의 도구와 색으로 자유롭게 채워나가는 것.
멋진 수채화를 그려도, 거친 정물화를 그려도 좋다.
낙서로 채워도 되고, 아예 그리지 않아도 된다.

결국 여행이 끝났을 때,
도화지 위에 남은 모든 것이
그 사람만의 여행이 되는 것이다.

여행은 참 다양한 얼굴을 하고 있다.
누군가에겐 취미가 되고,
누군가에겐 직업이 된다.
어떤 사람에겐 삶의 원동력이 되지만,
또 다른 누군가에겐 피하고 싶은 대상이 된다.

떠나는 이유도 제각각이다.
지친 몸과 마음을 달래기 위해,
극한을 만들어 성취를 맛보기 위해,
단순히 먹기 위해, 과시하기 위해,
사랑을 찾기 위해, 혹은 일탈하기 위해.

심지어 '그냥'도 훌륭한 이유가 된다.
그리고 같은 사람의 목적조차
시간과 상황에 따라 변한다.

그래서 여행이 귀한 것 아닐까.

정해진 삶에서 벗어나,
아무것도 정해지지 않은 길 위에서만 느낄 수 있는 무한한 자유.
그 자유 속에서

사람들은 피곤함을 견딜 수 있는 힘이 생기는 건 아닐까.

결국 여행의 본질은 자유다.

하지만 그 자유를 규격에 맞추려 한다면,
그것이야말로 여행이라는 문제를
엉뚱한 방식으로 푸는 일일 것이다.
그런데 어쩌면,
이 생각조차도 내가 만든 또 하나의 '정답'일지도 모른다.
나의 여행은 정의할 수 있어도, 남의 여행은 정의할 수 없다.
그리고 애써 정의하려고 해서도 안 된다.
여행의 방법과 방식은 무한하다.
그 누구도 남의 여행을 함부로 재단할 수 없다.
삶도 마찬가지다.
남의 인생을 누가 쉽게 판단할 수 있을까.

오랜 고민 끝에,
내가 내린 나만의 여행 방식과 목적은 아마 이렇다.
나는 여행을 하며 끊임없이 무언가를 '느끼고' 싶어 한다.
내 생각과 편견은 내가 살아온 환경에 절여져 있어
객관적으로 옳고 그름을 가리기 어렵다.
그런데 여행을 깊이 하다 보면,
나와 전혀 다른 삶을 살아가는 사람들을 만나고
그들의 일상을 체험하게 된다.
그 순간,

내가 너무도 당연하게 믿어왔던 고정관념이 하나씩 무너진다.
그리고 그때 느끼는 해방감은 이루 말할 수 없다.

'헉, 내가 틀렸어'
'아니, 이럴 수가!'

바로 그 깨달음을 위해서라면 나는 기꺼이 피곤함을 감수한다.

나에겐 이런 차이점을 발견하는 일이,
휴양지에서 맛있는 음식과 술을 즐기는 것보다,
오래된 유물이 있는 박물관을 거니는 것보다
훨씬 더 짜릿하다.
예를 들어, 나는 결혼식과 장례식에서
고정관념이 산산이 깨지는 경험을 했다.
인도의 장례식에는 여성이 참여하지 못한다.
이유를 물으니, 화장할 때 부인이나 딸, 어머니가 울면
고인이 좋은 곳으로 가지 못한다고 했다.
그래서 직접 가보니 정말 여성은 1명도 없었고,
놀랍게도 아무도 울지 않았다.
또 캄보디아에서 참석한 결혼식은
내가 알고 있던 결혼식과 전혀 달랐다.
주례도, 신랑·신부 입장도 없었다.
우리나라처럼 1시간 만에 끝나는 식이 아니라,
저녁 식사로 시작해 밤새도록 음식과 술을 즐기며
클럽처럼 음악을 크게 틀어 춤을 춘다.

신랑과 신부도 그 속에서 함께 웃고 술을 마시며 춤을 춘다.

나는 그 춤을 추는 와중에서도
'식이 언제 시작하는 거지?' 하며 기다렸지만,
새벽 2시가 넘어서야 그런 순서가 없다는 걸 깨달았다.

아마 내가 원하는 진정한 여행은 이런 게 아닐까.
나와 다른 삶을 살아가는 사람들의 이야기를 거울처럼 비추어
내 삶을 다시 바라보는 것.

그 낯선 풍경 속에서 내가 걸어온 길을 거꾸로 되짚으며,
내 인생에서 진짜로 원하는 것이 무엇인지,
그리고 앞으로 살아가야 할 이유가 무엇인지 묻는 것.

그래서 내게 여행은
세상을 보기 위한 길이 아니라,
나를 보기 위한 길이다.

독자 여러분께 한 가지 묻고 싶다.
피곤함을 감수하면서까지 여행을 하는,
당신만의 진짜 이유는 무엇인가요?

마지막 체크아웃

마지막 여행지, 베트남 하노이.
누군가 말했다.
"베트남을 추억하고 싶다면,
눈을 감고 자동차 배기통에 코를 박아라."
정말 그랬다.
거기에 오토바이 엔진 소리와 얇은 경적 소리를
더하면
완벽한 하노이가 완성된다.

하노이에서는 그저 손을 잡고 거리를 걸었다.
걷다가 더우면 카페에 들어가고,
배가 고프면 쌀국숫집을 찾았다.
베트남 음식은 입맛에 딱 맞았다.
하루하루가 작고 확실한 행복이었다.

더운 날씨에 지쳐
그늘에 앉아 코코넛 아이스커피를 마시고 있을 때—
커다란 버스 몇 대가 우리 앞을 지나갔다.
한국 여행사 패키지 관광객들이었다.
버스 안의 할머니, 할아버지들은
하노이의 거리를 초롱초롱한 눈빛으로 바라보고
있었다.

그 눈빛은 우리가 긴 여행 속에서
잊고 있던 눈빛이었다.

설렘, 들뜸, 떨림.

이제는 정말 한국으로 돌아가도 될 것 같았다.

여행이 길어지고 일상이 되자
여행에 필요한 가장 중요한 것들을
조금씩 잃어가고 있었다.
돌아갈 곳이 있어야 여행이다.
돌아갈 곳이 없는 여행은, 삶이다.

우리나라, 우리 동네, 우리 집.
어딘가 돌아갈 수 있디는 사실이 기뻤다.

우리는 그렇게 홀가분한 마음으로
마지막 체크아웃을 했다.

여행을 하는
당신만의 진짜 이유는
무엇인가요?

동 남 아

소감

한국으로 돌아가는 비행기를 타기 30분 전,
우리는 서로에게 지난 1년의 소감을 묻고 답했다.
긴 여정의 끝, 출국장 의자에 나란히 앉아 조용히 서로를 바라보았다.

수야는 여행을 밥상에 비유하며 입을 열었다.
"오늘 저녁을 먹다가 그런 생각이 들었어.
한 상 가득 차려진 밥상을 보고 '아, 맛있겠다' 하며 기대했는데
눈 깜짝할 새 다 먹어버린 거야. 아무것도 남지 않았더라고.
여행도 꼭 그랬어. 맛있는 저녁 식사처럼 순식간에 지나가 버렸어.
이번 여행만큼은 천천히, 한 입 한 입 음미하듯 즐기자고 했는데
1년이 그냥 지나가 버렸어.
그래서 좀 허무하고, 허전하고… 공허하더라."

수야는 계속 말을 이어나갔다.
"근데 밥을 먹으면 그게 결국 피와 살이 되잖아.
여행도 그래. 이 시간들이 내 안에 자양분처럼 남아서
앞으로 살아가는 데 힘이 되어줄 것 같아.
'경험'의 사전적 의미가 '개인이 기억하는 과거의 전부'래.
이번 1년의 여행이 나한텐 바로 그 '경험'이었어.
한 번도 하지 못했던, 가지 못했던,
보지 못했던 것들을 다 겪으면서

내 안에 차곡차곡 쌓였어.
이게 나를 앞으로 더 풍요롭게 만들어 줄 거야.
신혼여행이자 세계여행이었던 이 시간은
나한테 '성장', '발전', '도전'이었어.
나도 몰랐던 나를 발견하게 해준 시간이었고,
돈을 뛰어넘는, 물질을 넘어선 분명한 가치가 있었어.
지금 내 몸속, 머릿속, 마음속에는
그 경험들이 다다다닥 박혀 있는 느낌이야.
방금까진 한국으로 돌아간다는 게 착잡했는데
지금은 마음이 좋아. 기분 좋게 배부른 느낌이랄까?"

수야의 말이 끝나고,
잠시 조용한 숨이 오갔다.

그러다 수야가 조용히 물었다.
"오늘 하루 종일 표정이 안 좋던데…
여행이 끝나니까 우울했어?"

"아니, 우울하다기보다…"
나는 잠시 말을 고르며 답했다.
"지난 여정들이 주마등처럼 스쳐 지나가면서 아련했어.
너무 꿈같이 흘러갔구나, 그런 생각이 들더라."

사람은 누구나 꿈을 꾸고, 언젠가 그 꿈을 이룬다.
하지만 막상 이루고 나면, 그게 끝이 아니라는 걸 알게 된다.

어릴 땐 개그맨이 되는 게 꿈이었고,
고등학생 땐 배우가 되는 게 꿈이었다.
어찌 보면 그 꿈들을 다 이뤘지만, 이상하게도 허무했다.
유명하지 않으면
그저 '무명 개그맨', '무명 배우'가 될 뿐이었다.
그러다 20대 중반, 책 한 권을 읽고 새로운 꿈을 꿨다.
'언젠가 아내와 함께 세계일주를 떠나야겠다'
그리고 10년이 지난 지금, 그 꿈을 드디어 이뤘다.

하지만 이번 여행은 누가 알아주지 않아도 괜찮았다.
세상에 '무명 여행자'는 없으니까.
우리 둘만이 그 여정을 알고, 느꼈고,
너무 행복했고, 너무 꿈같았다.
그래서 이건 남들에게 인정받을 필요도,
유명해질 이유도 없는 완벽한 꿈의 완성이었다.

"지금 기분을 묻는다면… 형용할 수 없는 '뿌듯함'."

내 인생에, 그리고 우리 인생에
반짝이는 훈장 하나를 가슴에 단 느낌이었다.

1년 전,
용기를 내어 이 결정을 해준 우리 둘에게
다시 한번 박수를 보내고 싶다.

처음 떠날 때보다 배낭은 훨씬 가벼워졌다.
여행을 하다 보니,
필요 없는 것들은 하나둘 버리게 되었기 때문이다.
사고 싶은 게 있어도 '배낭이 무거워질까 봐'
작은 기념품 하나 사지 못했다.

하지만 우리 배낭 속엔
기념품보다 훨씬 더 소중한 것들이 들어 있었다.
하루하루 쌓아온 기억, 웃음, 눈물, 그리고 함께한 시간들.
가진 것 없이 떠난 여행이라, 더 많은 것을 채워 돌아올 수 있었다.

그렇게 우리의 신혼여행은 끝났다.

완벽하진 않았지만, 그 어떤 순간보다 완전했다.
그리고 또 다른 여행이,
조용히 우리 앞에 펼쳐지고 있었다.

남편을 보고 놀라운 점

by 수야

남편을 보고 늘 놀라는 점이 있다.
그의 꿈이 언제 실현될지는 아무도 모르지만
결국엔 꼭 해내고야 만다는 것이다.
세계여행이 그랬고 이 책도 그렇다.
고우서, 그는 또 한 번 해냈다.
처음 그의 집에 놀러갔을 때,
한쪽 벽에 걸려 있던 세계지도가 눈에 들어왔다.
넓고도 낯선 이름들로 빼곡했던 그 지도 앞에서 그는
언젠가 세계를 여행할 거라고 이야기했다.
그리고 그 여행을 기록해 책으로 남기고 싶다고도 했다.
그 말속의 열정과 눈빛은 아직도 선명하다.

그렇게 그는 정말 세계를 여행했고,
그 여정에 나를 초대해 준 덕분에 나의 세계 또한 조용히 넓어졌다.
그와 걷는 길은 익숙함 너머의 풍경을 보여주었고,
나는 길 위에서 나도 몰랐던 나를 발견하곤 했다.
그래서 그의 또 다른 꿈이 현실이 되어가는 이 순간,
나는 아주 작은 자리에서 기뻐한다.
그가 가는 길을 옆에서 바라볼 수 있다는 것.
그리고 그 길 위에 나도 함께 서 있다는 사실이 참 소중하다.

앞으로 어떤 지도가 우리 앞에 펼쳐지더라도
우리는 천천히, 그러나 단단하게
걸어갈 수 있을 것 같다.

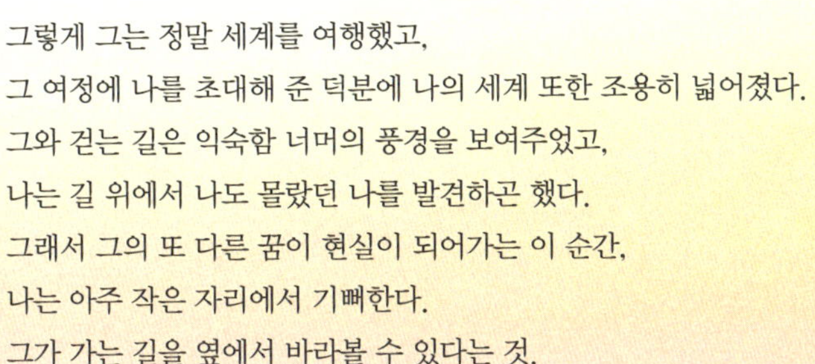

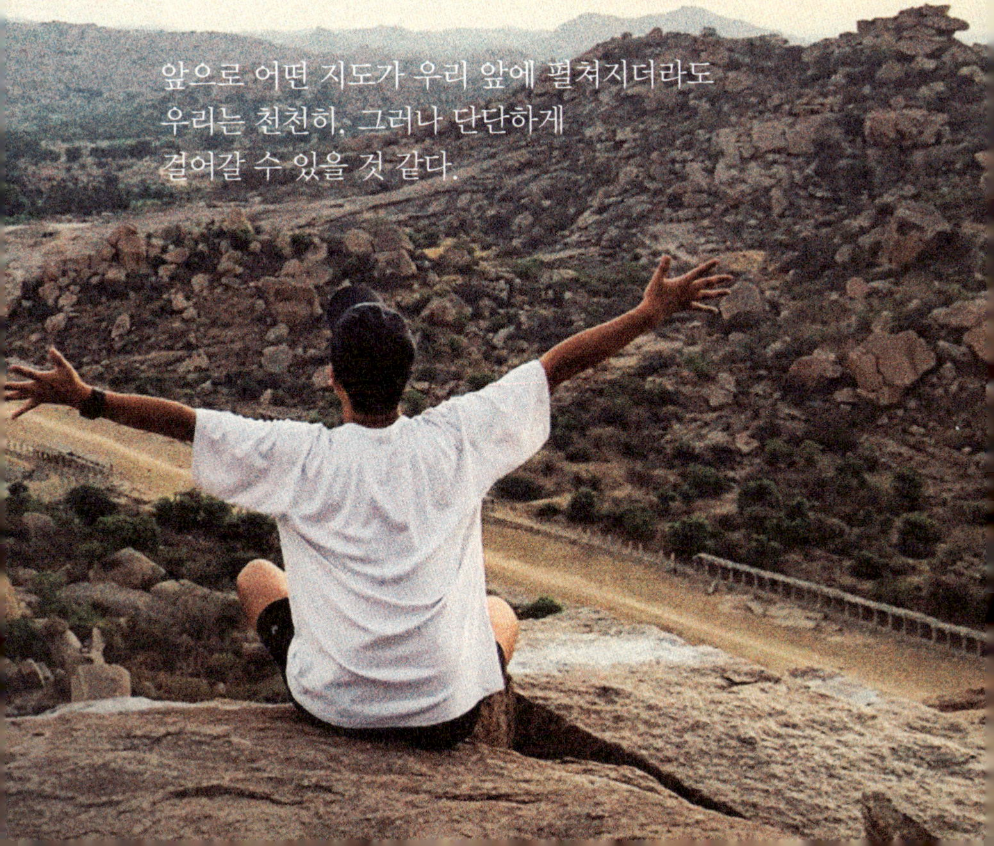

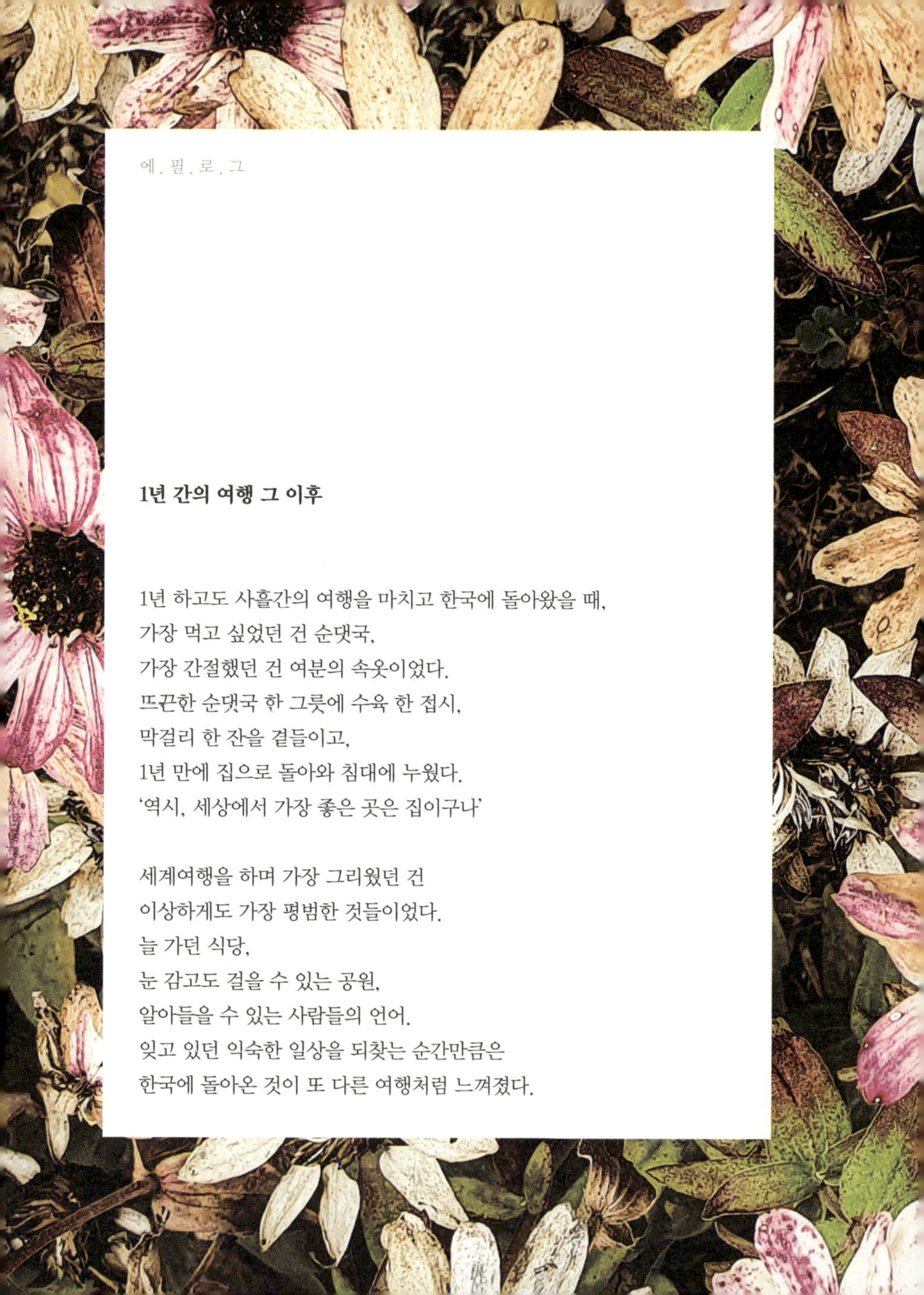

1년 간의 여행 그 이후

1년 하고도 사흘간의 여행을 마치고 한국에 돌아왔을 때,
가장 먹고 싶었던 건 순댓국,
가장 간절했던 건 여분의 속옷이었다.
뜨끈한 순댓국 한 그릇에 수육 한 접시,
막걸리 한 잔을 곁들이고,
1년 만에 집으로 돌아와 침대에 누웠다.
'역시, 세상에서 가장 좋은 곳은 집이구나'

세계여행을 하며 가장 그리웠던 건
이상하게도 가장 평범한 것들이었다.
늘 가던 식당,
눈 감고도 걸을 수 있는 공원,
알아들을 수 있는 사람들의 언어.
잊고 있던 익숙한 일상을 되찾는 순간만큼은
한국에 돌아온 것이 또 다른 여행처럼 느껴졌다.

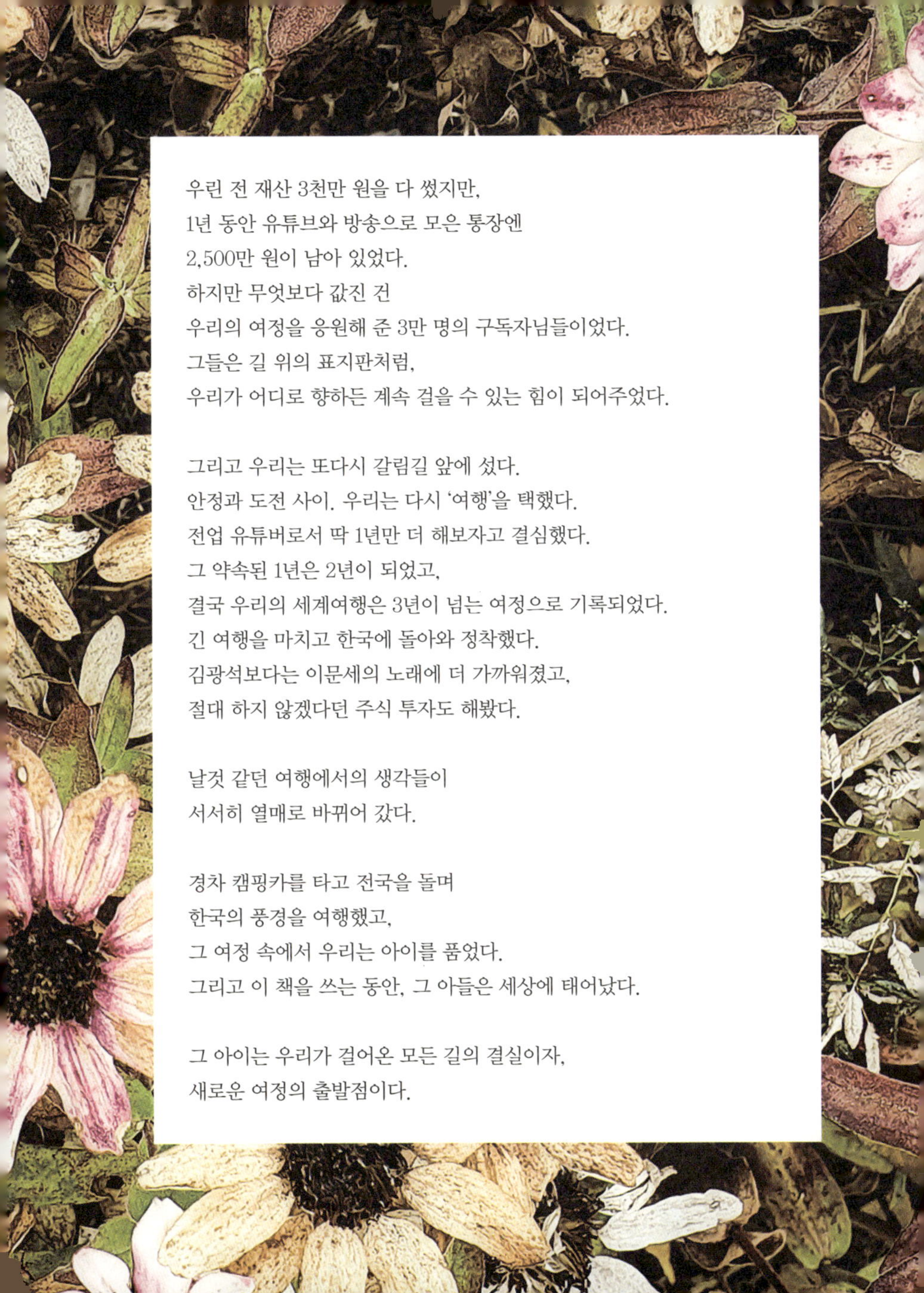

우린 전 재산 3천만 원을 다 썼지만,
1년 동안 유튜브와 방송으로 모은 통장엔
2,500만 원이 남아 있었다.
하지만 무엇보다 값진 건
우리의 여정을 응원해 준 3만 명의 구독자님들이었다.
그들은 길 위의 표지판처럼,
우리가 어디로 향하든 계속 걸을 수 있는 힘이 되어주었다.

그리고 우리는 또다시 갈림길 앞에 섰다.
안정과 도전 사이. 우리는 다시 '여행'을 택했다.
전업 유튜버로서 딱 1년만 더 해보자고 결심했다.
그 약속된 1년은 2년이 되었고,
결국 우리의 세계여행은 3년이 넘는 여정으로 기록되었다.
긴 여행을 마치고 한국에 돌아와 정착했다.
김광석보다는 이문세의 노래에 더 가까워졌고,
절대 하지 않겠다던 주식 투자도 해봤다.

날것 같던 여행에서의 생각들이
서서히 열매로 바뀌어 갔다.

경차 캠핑카를 타고 전국을 돌며
한국의 풍경을 여행했고,
그 여정 속에서 우리는 아이를 품었다.
그리고 이 책을 쓰는 동안, 그 아들은 세상에 태어났다.

그 아이는 우리가 걸어온 모든 길의 결실이자,
새로운 여정의 출발점이다.

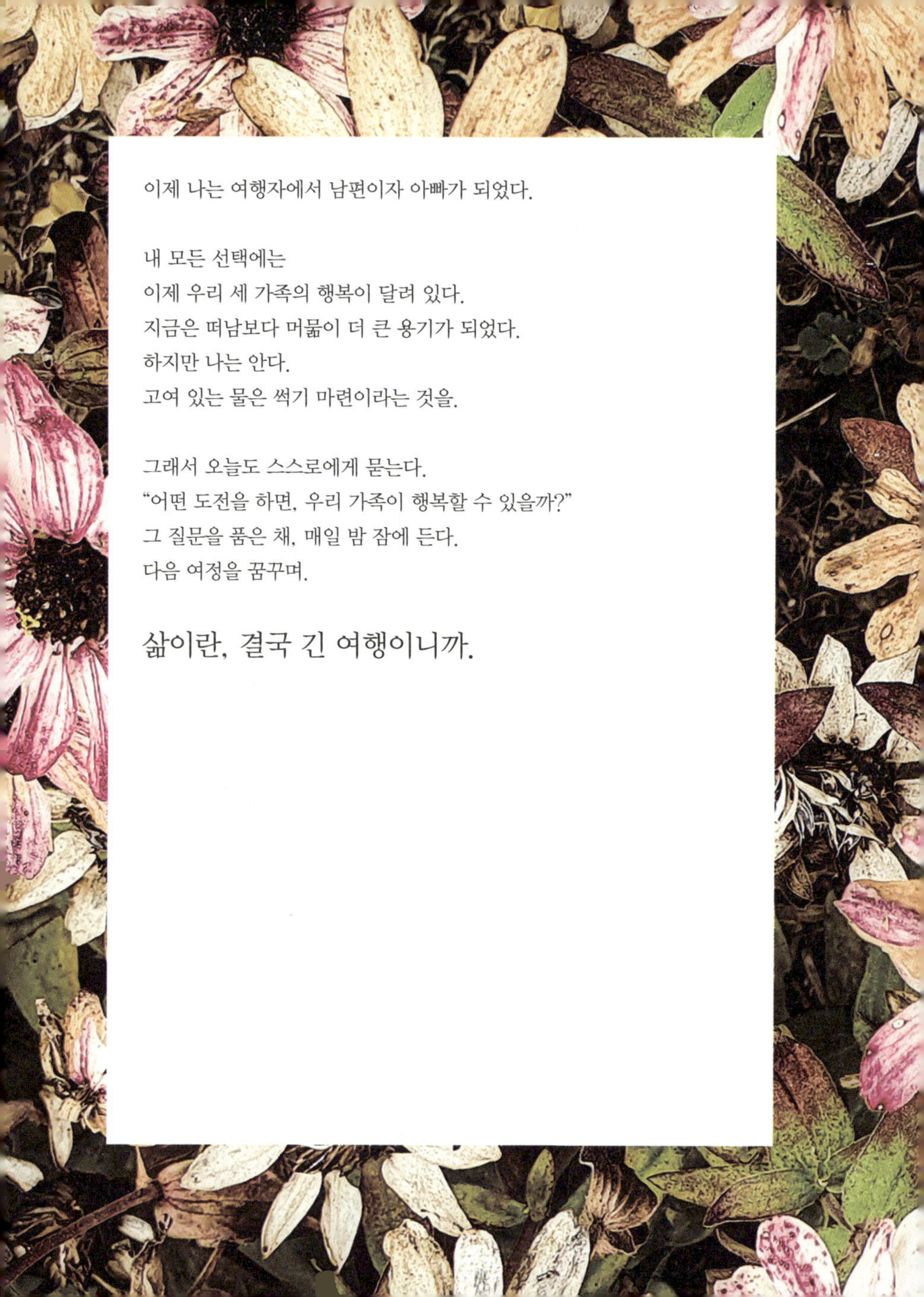

이제 나는 여행자에서 남편이자 아빠가 되었다.

내 모든 선택에는
이제 우리 세 가족의 행복이 달려 있다.
지금은 떠남보다 머묾이 더 큰 용기가 되었다.
하지만 나는 안다.
고여 있는 물은 썩기 마련이라는 것을.

그래서 오늘도 스스로에게 묻는다.
"어떤 도전을 하면, 우리 가족이 행복할 수 있을까?"
그 질문을 품은 채, 매일 밤 잠에 든다.
다음 여정을 꿈꾸며.

삶이란, 결국 긴 여행이니까.

제 글이 세상과 만날 수 있도록
용기를 주신 가족들과 모든 쑈따리 구독자님들께
진심으로 감사드립니다.
항상 부족한 남편을 믿고 응원해 주는
아내 수야,
그리고 아직 세상이 어렵게만 느껴질
갓난쟁이 아들 해랑이에게,
무한한 사랑을 보냅니다.

우리의 여행이 누군가에겐
꿈과 용기가 되기를 바라며…